その溺愛、間違ってます！

～義家族に下女扱いされている私に、
義姉の婚約者が本気で迫ってくるんだけど～

CHARACTERS
登場人物紹介
ルイズ
オースティン伯爵家の令嬢。
父親が軍務で家を離れて以降、
義家族に虐げられているが、
持ち前のしぶとさで、
なんとか生き延びている。
侍女の仕事をさせたらピカイチ。
ロジャー
スチュアート侯爵家の三男で、
ルイズの義姉・アンナの婚約者。

マジョリカ
オースティン伯爵家の女中頭。
アンナ
ルイズの義姉。
アシュラ
アンナの実母で、ルイズの義母。
エドワード
アリシアの婚約者で、ロジャーの親友。
アリシア
ルイズと仲良くしてくれる伯爵家の令嬢。
オースティン伯爵
ルイズの実父。軍務でほとんど家にいない。

一　カツラとビン底メガネ、学園へ行く

「ルイズも学園へやるのですか？」

お義母《かあ》様の声が食堂から聞こえた。

「もちろんだ。アンナだって行っているのだから」

父が答えた。

私はホッとした。どうやら学園には行かせてもらえるようだ。

私――ルイズ・オースティンは今、こっそり物陰に隠れて食堂の様子を窺《うかが》っていたのだ。なんとか父に会いたいと思って。だって、今の惨状はあんまりなのだもの。お父様と少しでもいいから、話をしたい。それに、学園に行きたかった。学園に行ければ……少なくとも、その間はお義母様やお義姉《ねえ》様から離れられる。

二年前、義母と義姉がこの家に来てから、私の境遇は様変わりした。

お父様は軍人で、国境防衛の責任者になっている。そのため家にはあまり帰れない。

結果、家はお義母様とお義姉様の天下になってしまった。私は下女のようにこき使われている。

最初は皿を洗ったり、洗濯したりする程度だったが、義母と義姉は私の顔を見るのが嫌なくせに、

だんだん私に身の回りの世話をさせるようになった。

私は服装を整えたり、髪を結ったりするのがうまいのである。

彼女たちの身の回りの世話なんかしたくなかった。私だって、義母と義姉の顔なんか見たくもないのだから。

学園に行けるなら、少なくともその間は、この家にいなくて済むわ。

「でも、あの子は変わり者で、それに目を疑うような格好をしているのですよ？　先日なんて、自分で自分の髪を切ってしまったのです！」

父が息を呑む。

「まさか……あの……きれいな金髪を？」

「あの有様では、虐《いじ》められるのではないかと心配で……。本人も学園に行きたくないと言っていますわ」

父が唸《うな》る。

嘘だ！　私の髪を切ったのは義母なのに！

私は義母のあまりの言い分に歯を食いしばった。

二年前、義母たちがここに来てすぐに、古くからいた使用人たちの多くが辞めていった。だって、義母と義姉ときたら礼儀作法のカケラも知らないんだもの。そして、止める者が誰もいなくなった家で、義母と義姉はしたい放題を始めた。

使用人と違って、追い出すことができなかった私は目の敵《かたき》にされて、ついにある日、彼女たちは私を捕まえて髪をチョキチョキチョキチョキ刈りこんでしまったのだ。

「生意気だわ！」

という義姉の一声で。

髪は令嬢の命。なんてことを！　しかも売ったんですって！　私の髪を。

優雅にお茶を飲みながら、「あなたの髪にしては、いい値段で売れたわ」という義母の言葉を聞いたときはめまいがした。

そして義母たちは私に、茶色と灰色の混じった奇妙なカツラを被《かぶ》るように命令した。

カツラなんか嫌で仕方なかったけど、ジグザグの坊主頭を隠すためには仕方ない。

「それから、目が悪くなって、メガネが必要になってしまったの」

それだって、嘘だ。カツラが外れないように、メガネとセットなのだ。

「あなたに任せておけば安心だと思っていたのに」

父がため息をついた。

二人が話している食堂は、すぐそこだ。あとでどんなに義母に叱られたってかまわない。私は決死の覚悟で食堂のドアを開けようとした。

「お嬢様、なにをなさっているのですか？」

突然、背後から低い、威圧的な声がした。ビクン！　と体が震える。

恐れていた存在だ。義母とともに、この家にやってきた女中頭《じょちゅうがしら》のマジョリカだ。

マジョリカは痩《や》せこけ、落ち窪《くぼ》んだ目と尖った顎《あご》の、恐ろしく背が高い奇妙な女だった。痩《や》せているのに、ものすごく力が強くて、私なんかでは全然歯が立たない。

いつでも首まで詰まった黒い服を着て、黒い髪、黒い目、黄色い歯の彼女は、その姿だけでもなんだか怖い。

声だけでなく、マジョリカ本体が、廊下の端からスッと現れた。

マジョリカに捕まったら最後だ。なんとか父に会わなくては！　久しぶりに家に戻ってこられた今が、チャンスなのよ。

「お父さまぁぁ……」

だが、マジョリカは、あっという間にやってきて、私の口を押さえた。そして、もがく私の両腕をねじり上げ、体全体を簡単に持ち上げる。いくら私がチビだからって、怪力すぎない？

「お父様とお義母様の大事なお話の邪魔をしてはなりません」

「一度、ルイズの意見を聞いてみたい。本当に学園に行きたくないと言っているのか」

父の声がした。

学園！　行きたいです！

学園は三年制で、必ず行かなくてはいけないわけではないが、王都に住むほとんどの貴族は、多少無理をしてでも子弟を通わせていた。だから、私だって、断然行きたい。

けれど、化け物じみた怪力のマジョリカに押さえ込まれて、全然声を出せなかった。

「ずっと部屋にこもっていますわ。それにね……」

義母は心配そうな様子で、父に向かって話を続けた。

「様子がおかしいの。医者に診《み》せたほうがいいかもしれません。それに、父であるあなたのことが大嫌いだと言っているの。絶対に会いたくないって。今朝からずっと説得しているのに」

なんてことをっ。

確かにお父様は、私を可愛がりすぎて、少し大きくなってからは、ウザく感じていたかもしれない。

でも、嫌いなはずがないではありませんか。

父はショックを受けたようで、ちょっと沈黙した。

「ルイズが？　あの可愛いルイズが私のことを大嫌いだと……？」

「だからこそおかしいのですよ。頭には毛が一本も生えていないし、歯も抜け落ちてしまいました」

毛はフサフサよっ、短いだけよ！

なんだったら、噛み付いてガッチリ歯形を付けてやるからっ。

「お嬢様」

しかし私は女中頭《じょちゅうがしら》のマジョリカに持ち上げられ、口を押さえられている。

そして彼女はどんどん歩いて、屋根裏にある私の部屋……監禁部屋に私を連れていった。

マジョリカは片手で私を丸太のように抱えて、息も切らさず階段を上がり、それから、粗末なベッドにポイッと放り込んだ。まるでゴミでも捨てるかのように。

「旦那様は明日朝には、出発されますからね。それまでここにいなさい。旦那様がいなくなったら、いつもの仕事をするんだよ。たっぷり仕事が溜まってるんだ！　怠《なま》け者は容赦《ようしゃ》しないよ！」

もう、泣くしかなかった。

一歳年上のお義姉様は、茶碗を割ったり、お茶をこぼしたりしては、お義母様に私のせいだと言いつけて楽しんでいる。

学園ではネコを被《かぶ》って、令嬢を気取っているらしい。見ていてマナーがなってないなあと思うことも多いけど、学園はお金があって学業が優秀なら、平民も受け入れているそうなので、そこまで違和感はないのかもしれない。

ただ、義姉を見ていると、優秀な平民枠と言い張るのも無理な気がする。派手で成金風のドレスを着ているところは平民で通るかもしれなかったが、勉強のほうは相当あやしい。

「お前なんかが、学園に行けるもんか」

以前、お義姉様から怒鳴られたことがあった。絶対に二人とも、私を学園に行かせる気はない。

でも、翌朝、お父様が国境の任地に向けて発《た》ったあと、義母がそれはそれは嫌そうな顔をして私に告げた。

「あなたも学園に入学するのよ」

「う、嬉しいっ」

思わず本音を漏らした私を、義母はギロリと睨《にら》んだ。

それから、しゃがれたような声で嗤《わら》った。

「せいぜい頑張ることね」

あとから聞いたのだけど、お父様はなにがなんでも私を学園に入れるよう厳命し、自ら入学手続きを取ったらしい。

そうでなければ、義母は絶対に私を学園に入れなかっただろう。

私は最初、有頂天になって、ワクワクのドキドキだったけれど、ふいにカツラとメガネのことを思い出した。

まずい。これでは変質者だ。

しかも、服がなかった。なにを着てでも学園へ行く気合は十分だったが、いざ本当に行くことになると、この服はさすがに恥ずかしい。着古しすぎて生地が薄く、透けて見えるので、裏からまったく違う色の生地で継ぎをあてている。みすぼらしすぎる。

悩んだ末に、絶対無駄だと知りつつ、義姉のアンナにいらない服を貸してほしいと頼んでみた。直球勝負だ。

贅沢を言えるのなら、義姉の壊滅的なセンスの服なんか、お断りなんだけど。

当然、義姉は断固として拒否した。

「私のお古を着たら、みんなが私と関係があるの？　って思うでしょ？　あんたと姉妹だなんて思われたら、世も末よ！　だから絶対ダメ」

新しい服を購入することは、義母が強烈に拒否した。

「そんな余裕はありません」

私は恨みがましく義母を見た。自分はまた新しいドレスを着ているくせに。

義母は若くはないが、豊かな赤茶色の髪を結って着飾ると、それなりに美人風に見える。

一方、女中頭《じょちゅうがしら》のマジョリカは、私のお願いを顎《あご》で笑った。

マジョリカの顎《あご》はすごい。まるで三日月か、鎌みたいだ。笑ったあと、渋々自分のお古をくれた。

私は、使用人のお古を着て学園に行くことになった。

こんなみじめな格好で学園に行くだなんて、耐えられない。

それでも、私は学園だけは絶対に行きたかった。

あの家にいたくない。

マジョリカ、怖い。

父が国境に戻ってから二週間後、私は無事入学を果たした。けれど、案の定、みんなから無視された。

私は変なカツラと変なメガネのせいで人相がよくわからない。はっきり言って不気味。

その上、使用人のお古を着ていた。とても貴族の娘が着る服ではない。みんなの視線が痛い。痛すぎる。

私だって、こんな変な格好の生徒がいたら、目に入らなかったふりをすると思う。

その結果、学園では、成績だけがいい貧乏平民の特待生だと思われた。

学園には特待生制度がある。貧乏平民が試験を受けて、優秀な成績をおさめれば授業料なしで勉強させてもらえる制度だ。ちなみに特待生じゃない平民も入学できるが、その場合すごい額の寄付金を積むらしい。したがって大抵とんでもなくお金持ちで、並みの貴族よりいい服を着ている。その結果、たまにいる貧乏人は全員特待生と決まっていた。

ただし、たとえ貧乏特待生だったとしても、普通は常識的な格好をしている。百歩譲ってメガネはともかく、一目でカツラとわかる異様な被《かぶ》り物には、みんな腰が引けたらしい。誰も話しかけてこなかった。

これは、義姉にとっては、すごく都合がよかったようだ。

「姉妹だなんて思われたらどうしよう」と、心配していたからだ。あれなら、誰も貴族の娘だなんて思わないわと、大笑いしていた。

貴族の娘と思われないのは、あなたのほうじゃないかしら。

まったくなっていないマナーや、品位のない話し方と話の内容のひどさ。

それに、失礼かもしれないけど、一体誰に似たのかしら？　義母にも父にも似ていないわ。

でも、そんなことを言っても、きっと義姉には通用しないだろう。

「ルイズの格好を見たら、みんなドン引きよね」

義姉は私の格好を見て面白そうに笑った。

「カツラとビン底メガネ！　虐《いじ》められても仕方ないわね！」

だけど、変な格好なのは、かえって都合がよかった。

あまりにも変すぎて、誰も私に構おうとしない――つまり、義姉の期待と違って、虐《いじ》められたり、からかわれたりすることもなかったから。

しかも、ビン底メガネのせいで、相手からは私の人相がまるでわからない。顔がわからないのは、かえって気楽だ。

そのうえ、義姉は私にオースティンの家名を名乗るなと命令してきた。姉妹だとばれるのが嫌だというのだ。

もっとも、誰も私に話しかける者はいなかったので、家名を名乗る機会は一度もなかった。

先生方は、私の家名を知っているはずだけど、それをオースティン伯爵家と紐付ける人は間違いなくいない。こんな貧乏くさい、しかもカツラとビン底メガネの異様な娘だもの。

ところが義姉は、私が平民の特待生扱いになっていることに腹を立てた。

平民扱いが気に入らないのではなくて、成績がいいと思われていることが気に入らないのだ。

「噂っておかしなものね！　どうしてみんなルイズは成績がいいと勘違いしてるのかしら！」

義姉としては私の成績が散々で、みんなから、あんなに成績が悪いのにどうして入学できたんだろうと陰口を叩かれることを期待していたらしい。

まあそんな風に色々あるけれど、私は学園へ行けて大喜びだった。

本がたくさんあったし、わからないところは先生が教えてくれるのだ。家では考えられない。

しかも、本を読んでいても誰にも怒られない！

その上、最初こそお貴族様の令嬢方から目にも入らない感じで無視されていたが、ひょんなことから某伯爵家の令嬢に大変気に入られるようになった。

それはある日、風できれいに結った髪が解《ほど》けて困っていた令嬢を見かけて、声をかけたのがきっかけだった。

「あ、お嬢様、もし差し支えなければ、その解《ほど》けてしまった髪、お直ししましょうか？」

私の見た目が薄気味悪かったに違いないが、彼女は本当に困っていたらしく、髪を直すことを許してくれた。

「あら」

私が直した髪の具合を手鏡で見て、彼女はちょっと驚いたようだ。

「あなた、上手ねえ」

そりゃそうだ。我が家のどのメイドよりも、私は髪を直すのがうまいのだ。

私は、チビで細かったが、手先は器用だった。

それ以降、私は彼女の細々とした用事を承《うけたまわ》るようになった。

しかも、この伯爵令嬢、私の義姉を嫌っているらしかった。

「あの方、マナーが悪いのよ。触《さわ》らぬ神に祟《たた》りなしですわ」

他人の悪口を言うのには遠慮があるのか、ちょっとはばかるように周りをちらっと見てから彼女は言った。

いや、もう、本当にごもっともですわ！

その後、この令嬢——アリシア・ベドフォード様のお父様は軍官で、父と同じく国境に配置されていることがわかった。よくよく聞いてみると将軍である父の部下になるらしい。

つまり、アリシア様にとって、義姉は自分の父の上司の娘に当たるので、できるだけ関わりたくないらしい。

「下手に関わって将軍のお嬢様に失礼があったら大変でしょ？」

彼女は笑いながら言った。

すばらしい。アリシア様は大当たりだった。私も義姉とはできる限り会いたくない。利害の完全な一致だ。

「アンナ様は難しい方だってわかっているの。だから余計、関わり合いになりたくないのよ」

「まあ！　なんて面倒な方でしょう！　お偉いのはお父様であって、その方ではないでしょうに！」

と、私は心から同意して言ったが、次の瞬間、あれ？　と思った。

私も父の娘である。

なんなの？　このねじくれた関係は。これ、このまま行くと、あとで困ったことにはならないかしら？　アリシア様とは距離をとったほうがいいかしら？

けれど、私にはアリシア様からのお願いを断れない理由があった。アリシア様から頼まれたことに対応すると、なんとお金をいただけるのである。

困ったことに、学園に通うに際し、お義母様は私にお金をくれなかったのだ。

最初にどうしても必要な教科書やノートなどの文房具一式は揃えてくれた。多分、父が手配してくれたのだと思う。

だが、その後、追加で必要なノートなどの文房具は一切買ってくれなかった。とにかくお金というものは一切くれなかった。

それで一番困ったのが、昼食代だった。

そのため、私はパシリをするしかなかったのである。

「あなたってば、見た目は本当に悪いけど、役に立つわよね」

アリシア様は褒めてくださった。

そして、お金を恵んでくれた。

見たこともない変な髪色で、ビン底メガネに、街の宿屋の下働きでも着ないようなボロ服を着たみすぼらしいなりの生徒など、口をきくのもお断りだったと思うけど、役に立つなら話は別らしい。

口うるさい義母とワガママな義姉に仕えてきただけあって、私は自分でも知らないうちに、超一流の侍女になっていた。


義母や義姉やマジョリカがやってきてすぐに、古くからいた使用人たちは、彼女たちのあまりの横暴ぶりに恐れをなして続々と辞めてしまった。そうして侍女の仕事ができる者がいなくなってしまったのである。

呼ばれた夜会にふさわしく髪を結うとか、ドレスの着付けをするとか、化粧するとか、そういう仕事にはそれなりの経験がいるのだ。

掃除《そうじ》や鍋磨きくらいなら、街に出てきた田舎の農家の娘でも結構務まったが、侍女の仕事は無理。

新しく雇いたくても、既に当家の評判は散々で、熟練の侍女など寄り付きもしなかった。

仕方なく、私は義母と義姉の侍女の代わりを務めた。常に罵《ののし》られながら。

　こうして学園で、最初に私の侍女的能力を発掘したのはアリシア様だったが、評判が評判を呼び、次第に他の令嬢にも頼まれるようになった。婚約者とのデートのときのヘアアレンジやお化粧の手伝い、新しいドレスを選ぶときのアドバイスなど、私は役に立ちまくった。そして、その都度、小銭が手に入った。

　学園はある意味、令嬢方にとって不自由な場所だったのだ。

　服を直したり、飲み物を取ってきたりのほか、婚活問題を抱え、見た目にこだわりたいご令嬢方に侍女《パシリ》はいわば必需品。でも、学園内に侍女を連れてくることは、よほど高貴な家でもない限り認められない。でも同級生なら侍女ではない。パシリにはもってこいである。

　しかも私は、ただの平民ではない。いわば伯爵家で修業を積んだ熟練の侍女並みの腕前なのだ。お客様はたくさんやってきた。

「アリシアお嬢様のおかげですわ」

　私はアリシア様に心からお礼を言った。

　事実、アリシア様のおかげで学園生活は意外に快適だった。

　孤立を覚悟していたが、アリシア様のご紹介でお友達というかお客様が増えたし、パシリをしてお金さえ稼げば、昼食代や学用品の購入に困らない。退学しないで済む。

　義母やマジョリカが私にお金をくれないのは、私を退学に追い込むためかと思っていたが、どうやら彼女たちは不思議なことに、お金がないと困るという基本的なことにまるで気がついていないようだった。

というか、義母やマジョリカは、私が勉強についていけなくて、学園をすぐにやめるだろうと踏んでいたらしい。

「あんたは勉強なんて全然できないでしょうからね」

入学前、義姉も小馬鹿にして言っていたが、そんなことはありません！

勉強がまるきりできないのは、あなたのほうです。

勉強は楽しみだった。一年生の最初の頃は国語や算数、外国語、生活などの基本科目だけだけど、もうすぐ魔法力の検査があって、適性があれば、呪い学とか治癒魔法とか毒薬研究とか攻撃魔法とか、物騒な科目が目白押しなの！

ちなみに義姉は一年前に魔法力の検査を受けたが、悪意力とかいう能力がダントツだったらしくて、家でお義母様とマジョリカと三人で、ションボリしていた。

悪意力は他人に悪意を持つ力で、さほど役には立たないらしい。首切り役人としては適性があるそうだ。

しかし、伯爵家の令嬢としてはいかがなものかと。

「旦那様には、魔法力はなかったということで」

「報告しましょうか……」

義母とマジョリカは意気消沈して話していた。私としては、頷ける結果ではあったが、聞かなかったことにしようと思った。

私にも魔法力はあるのかしら。

そんなこんなで勉強は楽しかったし、アリシア様ともますます親しくなった。服もアリシア様のご実家であるベドフォード伯爵家から、使用人のおさがりをもらえることになった。

さすがにこれまでの服では、いかに便利なパシリでも、連れ歩くのに限界がある。建前は同じ生徒の「お友達」なのに、これまでの服ではどこからどう見ても、お嬢様と使用人である。けれど今回いただいた服は質が良く品もあって、ギリギリ「身分差のあるお友達」に見えなくもない。ただし、例のカツラとビン底メガネをのぞけばだが。

「ねえルイズ、もう少ししたら、学園のダンスパーティがあるの。そう、一ヶ月ほどあとなんだけど」

アリシア様は、ご自分の寮の部屋でウキウキした様子で教えてくれた。

学園には立派な寮もあった。私は自宅生だけど、アリシア様は寮住まいだ。最近では、私はアリシア様の寮の部屋まで入り込んで様々な雑用をこなしていた。

「一年生は、最初のダンスパーティは出られないのよ。いわば見学ね」

「そうなのでございますか」

私は真顔で頷いた。アリシア様は学園のしきたりも色々と教えてくださる。

「あなたも次からは出られるわ！　あ、でも……」

アリシア様は本当にお優しい。貧乏平民ではダンスパーティに出られないと気がついたのだろう。本当は伯爵家の令嬢なんだけど。まあ、現実問題として、確かに無理だ。

お父様が休暇で戦地から自邸に帰ったタイミングで、うまい具合に会えれば別だけど。でも、義母と義姉が全力で阻止してきそう。前もそうだったし。

アリシア様は悪いことを言っちゃったかなという表情をしている。

「まあ、お嬢様。それは楽しみでございますね？」

明るくそう言うと、ちょっとほっとしたように、「そうなの！」と彼女は言ってご自分のパートナーについて教えてくれた。

「当日は、私の婚約者がパートナーを務めてくれるの！　エドワード様といって……一学年上に在籍していますのよ」

アリシア様は、はにかんだような笑顔で言った。

「まあ！　婚約していらしたのですか！　それは存じませんでした。それでは、うんときれいにしなくては！」

ノリと勢いで、満点侍女になってしまった。どうしよう。

婚約者とはお互いの領地が近く、幼馴染《おさななじみ》の関係だそうだ。

「素敵ですわ。よく知った方なら安心でございますね」

アリシア様は幸せそうに微笑んだ。恋をすると美しくなるというが、こういうことなのか。

私は納得して、アリシア様を見つめた。

「そうそう。そういえば、あの品のないアンナ様にも婚約者ができたんですってよ！」

「そうなんでございますか！」

私はせっせとアリシアお嬢様のスカートのほつれを直しながら耳を傾けた。

義姉に婚約者がいるのか。知らなかった。

「アンナ様、数日前に大得意で婚約者ができたって、教室でガンガン話していたわ」

一瞬、ガンガンなどと淑女らしくございませんよと注意しようかと考えたが、義姉のことだ、ガンガン話していたことは間違いないだろう。どんな大声で話していたのだろう。

「一体、その婚約者ってどんな方なのかしらね」

アリシア様が首を傾げた。確かに。悪意力の持ち主と婚約だなんて、気の毒かもしれない。いや、気の毒そのものだ。

「なんでも、たいそう立派な侯爵家の三男だっておっしゃっていたわ。アンナ様は、侯爵夫人になるって息巻いていたけど……」

アリシア様は、ぷっと噴き出した。

うん。わかる。教室中が失笑しただろう。

「長男でなければ爵位は継げないわ。侯爵夫人だなんて、なにを言っているのかしら」

そんなこと、平民でも知っている。自分のことでもないのに、義姉の発言に顔が赤らんだ。

その婚約者様、かわいそう。どんな男性だか知らないけど。

「婚約者の方にお目にかかったことはまだないって、アンナ様はおっしゃっていたので、多分、お相手の方もアンナ様を知らないんじゃない？」

アリシア様情報は続いた。

きっと婚約者様も義姉の実物を見たら、さぞかし驚くに違いない。

「まったく知らない方と婚約だなんて……お貴族様は大変でございますねえ」

思わずそう言ってしまったが、よく考えたら自分も伯爵令嬢だった。誰も知らないけど。でも、婚約なんかしていないから、そこだけは大丈夫だ。

「婚約破棄の物語が多いのも頷けるわね」

「左様でございますねえ」

そうは言ったものの、父が義姉の婚約をととのえたのかと思うと、少し悲しくなった。

私にはなんの音沙汰もない。

いや、ダメダメ。そんなこと考えちゃ。それより、私には抜群の侍女センスがあるわ。女性が生きていく上ではとても有用な能力だと思うの。今はただのパシリだけど、そのうち、一流の侍女になってみせるわ。

「アリシア様は、幼馴染《おさななじみ》のエドワード様が婚約者で、本当によろしかったですね。気心の知れた方で」

そう伝えると、アリシア様が急に真剣な表情になって、私に言った。

「そのエドワード様なんだけど、明日の放課後、私に、親友のロジャー様と会って話をしてほしいって言ってきたのよ」

「まあ？　なんのご用事でしょうね？」

めずらしい。男の友達を婚約者に紹介したいって、どういうことなんだろう？

「わからないけど、とにかく会ってみようと思うのよ。ルイズも一緒に来ない？」

「まあ、私なんかがお供してもよろしいんですか？　アリシア様。もちろん、行きますわ」

なんだか、面白そう。私は大喜びで返事した。

「一人で殿方二人と会うより、ルイズと一緒のほうがいいと思うの」

アリシア様は思慮深い方だ。婚約者とはいえ、アリシア様お一人だけが殿方と会われるより、侍女のような私もいたほうがいい。そこで遠慮なくご一緒することにした。


翌日の放課後、学園の食堂に三人は集まっていた。

どうやら、秘密の会合にしたかったらしいのだが、まさかアリシア様のお部屋に、殿方お二人を招くわけにはいかないし、アリシア様が男子寮に出張するなんてもってのほかである。

「アリシア、紹介するよ。スチュアート家のロジャー。彼の話はしたことがあるよね？　火焔魔法の使い手として有名なんだ」

もちろん、貧しい下女姿の私は数に入っていない。員数外《いんずうがい》。ご令嬢自らがお茶の支度をするより、パシリが準備するほうが都合がいい。

手際よく、お茶の準備をする。貴族の皆様は、下女など見て見ぬふりをする。だから下女姿なら挨拶もしなくていいし会話にも入らないでいい。気楽。さらには聞き放題。むしろ好都合。私は好奇心満々で、こっそり男性お二人を観察した。

二人とも、背の高い、すらりとした人たちで、エドワード様は赤毛、ロジャー様は黒髪のイケメン風だった。風というのは、下女たるもの、高位貴族の、それも男性と目を合わせるわけにはいかないからだ。チラと観察するしかないのだ。しかしながら、お二人ともなかなかのイケメンと見た。
お茶を淹《い》れる手にも力がこもりますわ！　それでなんのお話かしら？

ロジャー様はあたりを見回して、誰も聞いている者がいないのを確認すると、こそこそと話を始めた。

「父が旧友の一人娘との縁談を決めてきてしまってね。先々、その家の婿《むこ》になれって言うんだ。両親はそのお嬢さんを小さい頃からよく知っていて、申し分がないと言うのだけど」

聞かれたい話ではないらしく、小声だった。

珍妙カツラにビン底メガネ付き。どう見ても下女の私を二人は完全に見て見ぬふりをした。

うんうん。それで正解よ。でも、私はアリシア様が信頼する下女。なにを話しても大丈夫です。
イケメンロジャー様のご婚約の話なのね。聞きましょう。

「でも、僕は一度も会ったことがないんだ。顔も知らない」

ロジャー様が不安そうに言った。

なるほど。それは心配ですね。私は心を込めてこの上なくおいしく淹《い》れたお茶をカップに注ぎながら、耳を澄ませた。

なんだか深刻そうだけど、ロジャー様、いい声だわ。素敵。私はせっせと今度はお茶菓子を出した。

「それで、アリシアなら、そのお相手を知っているかもしれないと思って、ロジャーを連れてきたんだ」

エドワード様が、ロジャー様を連れてきた理由を説明した。

アリシア様は少しだけ顔をしかめた。

「すべてのご令嬢を知っているわけではありませんわ。ご期待に沿えないかもしれません」

「いや。絶対知っていると思うんだ。それというのも、ロジャーの婚約者は、君の父上の上官、オースティン将軍の一人娘なんだ」

エドワード様が重々しく告げた。

「え？」

「え？」

私とアリシア様は、思わず同時に声を上げた。

そして顔を見合わせた。

それは……アンナのこと？　私の義姉の？

オースティン将軍といえば、私の父しかいない……よね？

……ということは、まさか、昨日、話題になったあの義姉の婚約者が、このロジャー様ってことなの？

私たちはまじまじとロジャー様の顔を見てしまった。あの義姉の婚約者様……

お気の毒……なにかの生贄《いけにえ》みたい。かわいそう。

変な反応をした失礼な下女に、紳士方はお怒りになるかと思ったが、二人とも……特にロジャー様は、それどころではないらしく、不安がいっぱいという顔で私たちを見た。しまった。気の毒感が顔に出てしまったかもしれない。

それまで、私のことは、ロジャー様もエドワード様も目に入らなかったような顔をしていたが、さすがにこれだけまじまじ見られると気になるらしい。

「コホン……失礼いたしました」

私は小さな声で謝罪すると、頭を下げてその場を離れた。これ以上気の毒光線を放って、ロジャー様に負担をおかけしてはいけないわ。

でも、私は、ロジャー様の顔を、もう一度よく観察せずにはいられなかった。義姉の婚約者なのだ。どんな人なのかしら。

灰色の目に黒い髪。美しい顔立ちのすらりとした容姿の青年だった。義姉よりひとつ上ということは、私の二歳年上か。私はますます気に入ってしまった。私に気に入られても、仕方ないけど。

義姉にはもったいない。そして、かわいそう。

「どんな令嬢なのかな？　アリシアは同じ学年だよね？」

お茶の支度が済んだので私はその場から離れはしたものの、お呼びがあるといけないので、物陰に控える。

正直に言うと、義姉の婚約者に興味があった。あんなに育ちのよさそうな方が義姉の婚約者とは！

エドワード様とロジャー様の声は聞こえたが、アリシア様のボソボソ言う声はあまり聞こえなかった。

正直、義姉なんか褒めようがない。全編悪口になってしまいそう。身近にいる私でさえ、義姉の褒め称え方なんかなに一つ思いつかないもの。

しばらくして、話は終わったらしい。エドワード様はフーと息を吐いて、気が抜けたように天を仰いで椅子の背にもたれかかった。アリシア様も乗り出すようにしていた身を戻した。テーブルに突っ伏しているのは、ロジャー様。それはショックでしょう。私は用事を言いつけられるかもしれないので、こっそり少し近づいた。

「さっきの侍女は、なかなか気の利く子だな？　それにお茶の淹《い》れ方がうまい」

エドワード様が話題を変えようとしてか、ロジャー様に話しかけた。

ロジャー様の反応はない。

「そうなの。髪の結い方や衣装の選び方、着せ方も上手なのよ」

アリシア様も調子を合わせた。

「あーでも、学園に侍女を連れてきちゃいけないんじゃなかったっけ？」

エドワード様が思い出したように、アリシア様に聞く。

「実は侍女ではないの。平民の娘で一年生なのよ。見た目はあんなだけど、とってもいい子よ」

「……じゃあ、特待生なのか。同じ生徒に、あんなこと頼んでいいの？　アリシア嬢」

これはロジャー様の声らしい。

「すごくお金に困っているらしいの。使ってくれたら嬉しいって」

エドワード様はちょっと驚いたようだった。

「そうなの？　あの子は、立ち居振る舞いが平民じゃないよ？　でなきゃよほどいいところの家で働いていたんだろう。僕には姉がいるんだけどね。侍女を躾《しつ》けるのに苦労してた。なかなか使い物になる侍女がいないって」

「そうだな。実は僕もちょっと意外だった。あんな格好なのに……」

　この低めの声はロジャー様だ。私はもうロジャー様とエドワード様の声を聞き分けられるようになっていた。

「そうなのよ。ルイズは素晴らしいのよ」

　ちょっとアリシア様が得意そうだ。

「そうだね。だけど……あれ、カツラだよね？」

「え。そうね。でも、そんなこと聞けませんわ。もし……」

「そうだよね。もし女の子が……」

　三人は葬式状態になって、私の髪の毛を案じてくれた。いい人たちだ。

「それで、問題のオースティン嬢だけど、アリシアの父上は、オースティン将軍の直接の部下だから、よく知っているはずだよね。もういっそ婚約解消とか無理なの？」

「それがあの、父によると、将軍は重度の娘溺愛病で、娘のこととなったら、常識もなにも通じないらしいの……」

　急に声が小さくなって、ボソボソとしか聞こえなくなった。確かに父は私に甘かった。今ではアンナに大甘なのだろうか。猛烈にウザかったけど、今となってはちょっと寂しい。

「でも、実際に会ってみないと相性なんかわからないでしょうし」

アリシア様は考え考え、一生懸命フォローの言葉を選んでいたが、悪意力ダントツの姉と相性がよかったら、ロジャー様は、あんないい人っぽく見えないと思う。

後日、アリシア様から聞いたところによると、ロジャー様は見るも無残なほど萎《しお》れて帰っていったらしい。

なんだか知らないけど、すみません。うちの義姉がご迷惑をおかけしています……？

二　ダンスパーティ

　一ヶ月後、学園でダンスパーティが催《もよお》された。このダンスパーティは、生徒が出席するものなので、そんなに豪華な会ではない。

　だが、私は母が健在だった頃、自宅でたまに催《もよお》された小規模なパーティ以外出たことがなかったので、今回のそれがとても華やかに見えた。

　なにしろ規模が違う。

　数多くの生徒が、それぞれふさわしく着飾って、顔を紅潮させて参加している様子は、見ていてなんだかワクワクした。

　そして、婚約者がいる方はエスコートされて入場する。たとえばアリシア様はエドワード様と一緒に入場していた。

　いいなあ。うらやましい。

　一年生は、会場の中に入れてもらえず、見学だけ許されていた。

　妥当だと思う。私のような者は次回、無理をして参加する必要はないとわかるし、上位の者も、普段社交に行く格好でなくて略式の格好で十分だとわかるからだ。

　ただ私は、一年生だから本来ダンスパーティの会場に入れないのだが、アリシア様や、お友達のほかの令嬢方の髪のお直しや化粧直しのため、こっそり会場に出入りしていた。

一通り皆様の支度を終えたあと、ほっとして会場から下がった。もうすぐダンスパーティが始まる。

物の数にも入らない私は、邪魔にならないところから見学している一年生のそのまた後ろで、こっそり会の様子を見るつもりだった。

「にぎやか……それに楽しそう」

他の一年生ともども、私はダンスパーティの様子に見惚《みと》れた。軽快な音楽が流れていて、ざわめきや笑い声にあふれていた。

いつか私も、あの場所に立ちたいな。素敵な男性に手を取られて……まったく想像できないけど。だって、カツラとビン底メガネだものね。

ダンスは二曲目、三曲目と相手を変えて続いていく……

そのとき、突然、背後から声がした。

「ルイズぅぅぅ」

私は飛び上がって驚いた。この声は、義姉のアンナだ。地獄の底から響く声とはこういうものに違いない。

振り返ると、着飾った義姉が恐ろしい顔をして、私を見ていた。

私は震え上がった。さすがにダントツの悪意力を誇るだけある。迫力がすごい。

「なにか?」

用事でもあるのだろうか？　ものすごく怒っているようだけど？

「なんであんたが、こんなところをうろちょろしているのよ！　邪魔よ」

「えっ、あの」

私は絶句した。会場のそばにいるのが許せないらしい。

今までできるだけ義姉に近づかないように、アリシア様も私も注意していた。

アリシア様にとって、アンナは上司の娘なので、無理難題を吹っかけられたら困るという切実な危機感があったし、私は、アリシア様以上にどうなることかさっぱりわからないので、ひたすらに避けていた。

だが、ダンスパーティ会場はひとつのホールだ。避けようがなかった。

「あっ！　キャ……」

義姉は私の腕を掴んだ。それはものすごい力で。爪が皮膚にめり込むのがわかった。

「やめて……放してください……！」

おかしな格好の私は見物人の後ろからこっそり様子を見ていたので、私の異変に気がつく人は誰もいなかった。みんな、ダンスパーティの様子を見ている。

どうしよう。ひるんでいると、人影が見えた。助かった。

だが、それはロジャー様とエドワード様だった。

「なにをもみあっているのです？」

ロジャー様が声をかけてきた。邪魔された義姉は不機嫌そうに答えた。

「関係ないでしょ」

「あなたは、こちらの侍女とお知り合いですか？　腕から血が出ている」

義姉は邪険に言った。

「とんでもない。こんな薄汚いカツラの娘。お願いされても知り合いになんかならないわ」

どうやら義姉とロジャー様は、まだ、お互いの関係を知らないらしい。

義姉は邪魔だてするロジャー様を憎々しげに睨《にら》んでいるし、ロジャー様は嫌なものを見てしまったという顔をしている。

義姉は私の腕を放した。私の腕からは赤い血が流れていた。

ロジャー様は、義姉の言い方が気に入らなかったらしい。

彼は不愉快そうに義姉に向かって聞いた。

「それにしても、どうしてその侍女の腕を掴んだのですか？」

「クソ生意気で、無礼だからよ！」

義姉がキッパリ答えた。

あんまり貴族の令嬢がするような言い回しではないと思う。それも初対面の貴公子に対して。

「はて。どのような無礼を働いたのでしょう。事と次第によっては、対応せねばなりますまい」

ロジャー様が慎重に尋ねた。

義姉がロジャー様とエドワード様のほうを向く。

義姉はこの二人の身なりを見て、彼らが裕福で身分も高いことに、やっと気がついたらしかった。

そして私を見ると、なんだかニヤリと笑った。薄気味悪すぎる。なにをしようというのかしら。

私だけでなく、男性の中でも大柄なロジャー様とエドワード様までもが、たじろいで一歩後ろに下がった。

義姉の顔は……不細工というわけでもないのに、猛烈に迫力があった。

さすが悪意力……のせいなのか？

「ひどいのでございます。実はこの娘、私のことをぶとうとしてきたのです」

突然、義姉は調子を変えて、訴えかけるように、二人の男性に向かって言った。

「なぜ？」

ロジャー様とエドワード様の視線は、私の腕の傷に向かっていたが、姉はまるで気にしていなかった。

「気に入らないのでしょう」

義姉は下を向いて、しおらしく言った。

「私のドレスや、振る舞いが気に食わないと言って、私を殺しに来たのです。危ないところをありがとうございました。この娘に殺されるところでした……」

男性二人は、まじまじと義姉を見ていた。

「ええと、我々が来たとき、あなたはこの娘さんの腕を掴んでいましたね？」

「正当防衛ですわ！」

暴力的に脅していたのは義姉のほうで、私はビビっていただけだ。どちらが攻撃的だったかと言えば、どう見ても義姉のほうだと思う。

あれだけバッチリ見られていたんだから、こんな話、信じてもらえるはずがない。

だが、義姉のアンナは、ロジャー様とエドワード様のことが気に入り、気を引きたくなったのだろう。

「それよりこんなところで、殿方お二人がなにをなさっていたのですか？」

義姉は笑顔になって、二人に話しかけた。

「………」

二人はどこか嫌そうな顔をした。二人とも、義姉のことは気に入らなかったらしい。

「聞いているのは私ですよ。どうしてこちらの娘の手を掴んでいたのか？」

ロジャー様の問いに、義姉は返事をしなかった。ニタニタして二人の顔を値踏みするように見ている。しばし黙ったのち、エドワード様が言った。

「まあ、どうでもいいことです。では、失礼」

要するに、義姉にも私にも関わりたくなかったのだろう。

だが、私は密かに二人のあとを追った。殿方二人の機嫌が悪そうだったので、多分、義姉は追って来るまい。義姉と一緒のままだったら、なにをされるかわからない。逃げるが勝ちだ。

二人の青年は、心なしかしょんぼりしていた。

だからか、私がくっついていても、追い払おうとしなかった。

「あれがオースティン嬢か……」

ロジャー様が言った。

私は気がついた。

二人はアリシア様に義姉の人相を聞いて、こっそり見に来たに違いない。そして、顔見知り（？）の私が怒られているのを見て、思わず声をかけてしまったのだろう。

「気が強そうだね……」

いや、あれは悪意力で……などと余計な注釈を入れるわけにはいかない。私は彼らに感謝の意を表したくて深々と頭を下げると、その場を離れた。

ロジャー様が本気で気の毒だった。ついでに義姉も。知らなかったとはいえ、あれはまずい。

この婚約、まともに行くのかしら？

学園と家は近いので、私は自宅から徒歩で学園に通っていた。義姉は馬車を使っていたけれど。

私はアリシア様と知り合いになってからというもの、自邸にはできるだけいないように心がけていた。

アリシア様以外にも、私に雑用を頼みたい令嬢方は多かったし、雑用をすればするほどお金になる。

食事も学園の食堂が利用できた。学園には寮があったから、朝食や夕食もお金を出せば、好きなものをたらふく食べることができた。自邸にいたときのことを思ったら、夢のようだ。

だから、自邸には本当に寝に帰るだけだった。私が何時に帰ってこようと何時に学園に行こうと、誰も気にしなかった。

だが、今日は違った。

マジョリカが鬼のような顔をして、夜中に屋根裏部屋から私を引きずり出したのだ。

「ルイズ、お前、なんてことをしてくれたの？」

「なにを？　なにをでしょうか？」

私は怒りで顔色を変えた義母の顔を見た。義姉は明らかに泣いた顔をしている。

「アンナの婚約者はあんたの知り合いだそうじゃないか」

「違います」

本当に違う。知り合いではない。友人の知り合いの知り合いだ。

昨日、どこかで義姉は真相を知ったのだろう。昨日会った二人連れのうちの一人が、自分の婚約者だったということに。

その場に居合わせなくてよかった。

「お前が、アンナの悪口を吹き込んだんだろう」

「恩をあだで返すとはこのことだよ！」

義母とマジョリカが口々に言った。

「私はその婚約者の方とやらは知りません。口をきいたこともありません」

本当だ。彼らは、私のことを気の毒そうに見ていたが、まるでその場にはいないかのように振る舞っていた。

「だったら、どうしてアンナがひどいことをする娘だなどと噂になっているんだい？」

義母がトゲトゲしく聞いた。

それは、義姉がひどいことを平気でする娘だからで……どうして悪意力の持ち主だってバレたのかしら。やっぱり持って生まれた能力って、いつか頭角を現すのね。

いや、問題はそこじゃない。まるで鬼、いや魔女のような三人が髪を振り乱して、私に怒っていることだ。

「私じゃありませんー」

私は悲鳴を上げた。私はなにも言っていない。

怖い。きっと殴《なぐ》られる。それより、もっと怖いのは学園に行けなくなることだ。

「お前など、二度と学園に行くな。ロクな噂を流さない」

「学園に行くだなんて、贅沢をさせてやったのに」

やっぱり、学園に行かせないと言い出した。マズイ。

「結婚できなくなってしまうわ。根も葉もない噂を立てられて……！　侯爵夫人になるはずなのに」

義姉が泣きながら言う。

「ああ、アンナ……かわいそうに！」

ロジャー様に、下女の腕を掴んで罵《ののし》っている現場を見られてしまっている。噂じゃない。現行犯だ。

私は瞬時に思考を巡《めぐ》らせた。

そして、叫んだ。

「なにかの誤解でしょう！」

「誤解なものか。ロジャー様は婚約を再考したいと言われたそうだ」

「なんの罪があってですか？　そんなことよほどのことがない限りできないでしょう？」

それを聞いて、三人が黙った。

「婚約は契約ですから、そう簡単に考え直したりできません！」

三人は考え始めた。私は熱を込めて叫んだ。

「なにか誤解されているのではないでしょうか？」

黙っていないで、なにか話しなさいよ、そこの三人。

婚約を再考したいと言われただなんて、ロジャー様とどこで会って、なにを言われたのかしら。

それとも、人伝《ひとづ》てになにか聞いたのかしら？

聞きたいわ。でないと対応できないじゃないの。

「あんたの腕を掴んでいたところを見られたのよ！」

「姉妹のスキンシップ！　ただの姉妹げんかだと言えばよいのでは？」

私は言い返した。

「姉妹だなんて思われたくない！」

「女中に注意したに過ぎないとおっしゃればいいのに！」

「あんな注意の仕方はないと言われたわ！」

その言い訳は使ったあとか。

「では、私から説明しましょう。私がどんなに悪いことをしたか、なぜ注意しなくてはいけなかったのか」

義姉は黙った。

マジョリカは不気味に目を光らせ、叫んだ。

「よし。婚約破棄を撤回させろ！」

婚約破棄？　そんなことまで言われていたの？

でも、ロジャー様は、義姉のことを気に入るどころか、すごく嫌そうな顔をしてたから、仕方ないのかもしれない。

「当然よ。すべて悪いのは、ルイズ、あんただからね。少しくらいアンナの気持ちも考えておやり。婚約者の方に熱愛されるように、手伝ってあげなさい。気が利かないうえに、アンナの足を引っ張るとはなにごとなの」

義母の言い分にのけぞりそうになる。

いやいやいや。義姉は自分で自分の足を引っ張っているだけよ！

それに、熱愛されるようにって、私にできるわけないじゃない！　本人がどうにかしなさいよ。

なんで、他人に振ってくるの？　おかしくない？

そもそも、義姉はロジャー様のこと、どう思っているのかしら。

「お義姉様、婚約者の方は気に入ったのですか？」

どうやら、昨日、どこかで話すくらいはしたらしい。義姉自身はどうなのだろう。ロジャー様を気に入ったのかしら？

驚いたことに、あの義姉が嬉しそうに頬《ほお》を緩めた。

えっ？？？

私は死ぬほど驚いた。

好き……なの？

「侯爵夫人になりたいわ」

あ、そうなんだ。なんか拍子抜けした。


翌朝、ロジャー様の誤解を解いて義姉との婚約を納得させれば、学園に行ってもいいと言われた私は、悩みながら学園への道を急いだ。

「アンナが使用人に暴力を振るうのは誤解ではないし、ロジャー様は本気でお気の毒だし」

正直、ロジャー様に対する好感度は高かった。

ロジャー様の灰色の目には、なんだか計り知れない力を感じた。まっすぐで、ためらいがない。意味もなく人を叩くなんて許さないだろう。

あの方が我が家へお越しになられるのなら、大歓迎である。

私はちょっと夢を見た。

義母も義姉も、彼の前では、私をぶったりできないだろう。実は妹とわかれば、今までみたいな邪険な扱いはやりたくてもできないと思う。

だから、義姉と彼の婚約が進むのは個人的には歓迎だったが、ロジャー様の顔を思い出すと、さすがにためらってしまう。あの方は、義姉と結婚して幸せになれるのかしら？

「大体、夕べのあの有様を見たら、大抵の男性は引くんじゃないかしら」

私は徒歩で学園に向かいながら独り言を言った。

「それに、私がロジャー様に近づけるわけがないわ」


授業が終わってすぐに、私はまず、アリシア様のもとに向かった。

アリシア様は婚約者のエドワード様から、ロジャー様に関する情報を山ほど聞いておられるはず。

多分、昨日の顛末《てんまつ》もエドワード様から聞いているはずだ。その上、的確な判断能力、情報処理能力がある。私がロジャー様を捜して、無駄にウロウロするより手っ取り早い。

「ロジャー様はご両親に断固として婚約破棄を申し入れられたわ」

アリシア様情報を聞いて私は崩れ落ちた。早くもミッション、失敗である。

「だって、ひどいのよ？　アンナ様はまず、顔がイマイチだわ」

それは……人様の顔をあれこれ批判できるような私ではありませんが、正直に言うとそうかもしれない。

「性格も悪いし、成績も悪い……ダンスも下手だし、会話がそもそもなってないわ。じろじろロジャー様を見て、ニタアと笑いかけてくるんですって」

アリシア様が身震いした。

ヘマをやらかしている義姉の顔が目に浮かぶようだ。本人は多分、やらかしていること自体に、気がついていないんだろう。

「なんでも、ダンスパーティのとき、あなたの腕を掴んでケガをさせたんですって？」

アリシア様は心配そうに言ってくださった。私などの心配をしてくださるなんてお優しい。

さらにアリシア様は困ったような表情になった。

「ロジャー様は、怒っていらしたわ。悲しんでもいた。ロジャー様はね、エドワード様と一緒にアンナ様の様子を見に行ったの。あなたに掴みかかっているところに遭遇して、ものすごく驚いたそうですわ。一度その場を離れたのだけれど、その後、アンナ様が追いかけてきて声をかけてきたんですって」

ああ、そういうことか。

「アンナ様はロジャー様が婚約者だって知らなかったみたいなの」

「え？　では、なぜ、アンナ様はロジャー様に声をかけたんでしょう？」

アリシア様はため息をついた。もう、どうしようもないと言わんばかりに。

「それがね、どうやらエドワード様のこともロジャー様のことも、とても気に入ったらしいの。ニタアッと笑いかけながらダンスを申し込んできたそうなの」

「え？　まさか！」

私は叫んでしまった。しまった。はしたない。でも、これ、絶叫案件だと思うの。

「だって、アンナ様は婚約者ができたとご自分でおっしゃっていたのでしょう？　婚約者がいる方が、他の殿方にダンスを申し込むだなんて！」

大体、ダンスは男性から申し込むもので、女性から申し込むだなんて聞いたこともない。

「どちらがお相手でもかまいませんって、おっしゃったそうなの」

「なんですって？」

私はさらに驚いた。

アンナ嬢、どこまでも礼儀知らずの無礼者。仮に平民だったとしても、鼻つまみ者だわ。

アリシア様は、呆然としている私の顔を見て、力なく笑った。

そうか。これはアリシア様に対しても、とても失礼な行為だ。エドワード様はアリシア様の婚約者なんだもの。

義姉は貴族間のこういった関係に疎《うと》い。まったく知らないと言っていいだろう。

だけど、知らなかったで済まされるような話ではない。そもそもどっちでもいいからダンスの相手をしてくれと頼むだなんて聞いたこともない。遠慮とか恥じらいとかはないのかしら。

「それで、ロジャー様は身分を明かして、無礼なおこないだと詰め寄られたの。アンナ様はまったくわかっていなそうな顔だったとおっしゃってたけど」

……まあ、侯爵夫人になりたいと言っているくらいですからね。なにもわかっちゃいないとは思う。

「そしてあまりのことに、その場で婚約破棄を希望されたそうなの。ロジャー様のお気持ちは、よくわかるわ。私だって、なんとか力になりたいと思うのだけど」

なるほど。そういうことだったのか。

義姉、すごい。

自由気ままに、やりたいことを実行したわけなのね。いい男がいたら、声をかけると。あなたには婚約者がいるでしょう？

そして、気に入ったいい男が婚約者だとわかったので、今度は逃したくないのね。行く末は侯爵夫人だしね。（違うけど）

とにかくアリシア様は私に言っても仕方ないと考えたのだろう、ニコッと笑って話題を変えた。

「さ、それはよそ様のおうちの話。私たちには試験があるわ。それにあなたには、魔法力検査があるのではなくて？」

さらっと流されたが、他人事ではない。当家の事情なのだ。真剣な悩みどころなのだ。

思ったより深刻な事態だった。どうしたものか。

悩んで考えて、私はマジョリカにロジャー様は勉強ができる方がお好みのようですと、嘘を伝えた。

「ご令嬢方の噂で聞きました」

そもそも男子の学舎は離れている。淑女たるもの、男性のそばに自ら近寄るものではない。義姉にそんな認識はなさそうだが。ダンスを申し込んだくらいだもの。

確認したことはないけれど、女生徒が男性の学舎へ行くことは禁止されていると思う。可能だったら、義姉はどんどん出かけているはずだ。待ち伏せとか、付きまといとか、奇襲とか。

勉強ができる方がお好きだなんて、適当な出まかせである。

仲なんか取り持ちようがない。取り持ちたくもない。ロジャー様が本気で気の毒だ。だけど、なんらかの成果を上げておかないと、私が退学させられてしまうかもしれない。

「試験でいい成績を取れば、自然とご好意を抱かれるのではないかと」

そんな殿方、いないと思うけどね。

「ぐぬぬ……。困ったわ」

義姉は本気で困っていた。

試験が近いと、アリシア様はおっしゃっていた。義姉がロジャー様にモテたければ、試験勉強を頑張るしかない。義姉のアンナの成績が悪いことは知っていた。勉強が嫌いなことも。

仮にロジャー様のドレスの趣味なんか教えても、どうせ仕立て屋が悩むだけだもの。自分で悩め。

それに真面目に試験対策をするなら、義姉が机に向かう時間が増えるだろう。余計なことに手を出す時間が減る。義姉にストーカーとか始められたら、ロジャー様がかわいそう。

「まあ、これで当分、時間が稼げると思うわ」

一方で、私は試験もさることながら、試験前におこなわれる新入生の魔法力検査が気になっていた。

三　魔法力検査

魔法力検査の日。一年生は全員揃って胸を高鳴らせて列を作っていた。

魔法力の検査は、聖堂でおこなわれる。

私はこっそりと最後尾についた。

誰も私を貴族の娘だなんて思っちゃいない。

大抵の平民は、魔法力持ちではない。だから、ここへ来るのは貴族の子どもばかりだ。

魔法力の有無だけなら、どこの教会でも調べられる。学園に入学した貴族の子弟たちが、魔法力の検査を改めて受けるのは、聖堂の検査なら魔法力の種類や強さを精密に調べられるからだ。熟練の魔法力持ちが立ち合って、どの授業を受けるべきか判定すると同時に、ときには適職まで教えてくれる。義姉のときのように。

だから、入学したら魔法力があるとわかっていても、貴族の子弟は必ず聖堂に行く。

なんで、平民のあんたがいるのさ？　みたいな目つきで見られたが、変なビン底メガネともしかしてハゲ？　と疑惑の付きまとうおかしな色合いのカツラは、話しかける意欲を奪うらしい。

私もできるだけ目立たないように、列の最後にくっついた。

待っている間、前のほうからなんだか喜びの叫びを上げる男子生徒の声や、キャーとか歓声を上げる女子生徒の声が聞こえてくる。

きっと、思いがけず魔法力の種類がよかったか、魔法力が多かったのだろう。

私の気分はどんどん落ち込んでいった。

なんだか大した力はないような気がする。

私には満点に近い侍女力と、平均的な勉強力がある。多分、魔法力まで、栄養は回らなかったに違いない。

「ルイズ……オースティン？」

検査官の仕事は、魔法力の強い戦士が引退後の職として選ぶことが多い。

鑑定するには、経験が必要だからだ。

「……はい」

先生も私の顔を見ないようにしていた。

私は授業中当てられたことがない。名前を呼ばれたこともない。

アリシア様やその友達は、便利な侍女として使ってくださっているが、それだけだ。彼女たちはルイズとだけ呼ぶ。

だが、こんな大事な検査のときはさすがに本名を確認する。

検査官の元戦士は私の顔から目を逸《そ》らすと、聖堂の高い窓から差し込む一筋の光を受けてキラキラと輝いている大きな水晶玉を示した。

「手を差し伸べて」

他の生徒たちは検査を終えて、全員出ていってしまった。

残るは私だけ。早くしろと言うように、元戦士の検査官は手を振った。

大した力はないだろう……

あったらいいのに。

手を水晶の上に差し伸べる。力があれば、お父様に会える。きっと私を見直してくれるだろう。

なにもないだろう……

水晶は色も変わらず、反応しないだろう……

あったらいいのに……

次の瞬間、水晶は、ぽっと暖かな色を灯した。

検査官は、ほっとしたように笑った。

「おお。いい色が出たね」

私は水晶を見つめた。私の色。私の光。

「これはなんでしょうか？」

暖かな色。オレンジと赤の間のような。でも、優しい……

「女の子向けの色だな。女子力とでもいうかな？」

「は？」

「でも、この女子力は、優しさがあるな。いい色合いだ」

女子力というと……モテる力？

思わず尋ねると、首を横に振られた。

「違う違う。いや、モテる可能性もあるけど、なんというか、慈《いつく》しみ、育てる力だ。女性向けといわれる仕事にちょっとずつ適性があるんだ。適職としては侍女とか」

私はがっくりした。やはり……

「教師とか、看護や医者や薬草師とか、あと育てる仕事。農業もいいかもしれない。草木もよく育つ。なにしろ、伸ばす力だ。旦那様も伸びる。ま、男だったら、妻が伸びていく。女子力というには語弊があるかもしれないが……なにしろ、幸せな力だ。それもそこそこ強い。よかったな」

「女子力って、美人にはなれないんですか？」

検査官は、ちらっと私のメガネとカツラを見た。

「容貌は無理。変身力ではないので……変身力なんて誰も持ってないから。持ってたら大事《おおごと》だから」

「さっき、叫んでいた男子生徒は？」

「ああ、あれ。彼は剣の腕に適性があって」

「では、キャーと言っていた女子生徒は？」

検査官は真面目な顔になった。

「あれは珍しい。治癒力だ。手をかざすと病気やけががよくなる」

「私もそっちのほうがよかったです」

「わかりやすいからな。だが、あんたは火にも適性があるよ。女子力ほどじゃないが。ホラ」

検査官は私の手を取って、手の平を上に向けた。

「手伝ってやろう。練習すればできるようになる」

水晶に灯ったのと同じ赤みがかったオレンジ色の火が、手の平の上、五センチほどのところにポッとついた。

「あっ」

私はびっくりして叫んだ。

「火炎放射器みたいにはいかないが……ローソクに火を灯したり、種火として使える。便利だろ？」

わりとしょぼい気がする。なにか、こう、もっと派手な力のほうがよかった。

「……ありがとうございました」

「うん。報告しておくから。魔法学の授業は、火と農業に付けとくね。旦那様を伸ばす授業はないから」

私は礼を言って立ち去った。

微妙な結果だった。公開するとモテるかもしれないけど、そねまれるかも。「女子力」というネーミングがちょっと誤解を呼びそうだ。なんの力だ……

自邸に帰って、義姉に魔法力検査の結果を聞かれたとき、私は演技でもなんでもなく、素でがっかりしたまま力なく返事した。

「なにも」

「なんだい、なにもって」

「魔法力はありませんでした」

義姉と義母とマジョリカは、大声を上げて愉快そうに笑い出した。


翌日、アリシア様には、本当のことを打ち明けた。

「育てる力と少しだけ火の魔法が使えるそうです」

女子力とは言いにくい。微妙すぎる。

「あら、いいじゃない！」

アリシア様は叫んだ。

「私なんか、鉱石判定力よ！」

なに、それ？

「鉱石になにが混ざっているか、判定する力なの」

「は、はあ」

「全国の鉱山に需要があるらしくて、平民の男性ならいい仕事になるらしいけど、私、辺境なんか行きたくないの。それに、最初に鉱石や金属の種類を覚えないと、説明できないのよ」

「な、なるほど」

それはそうだ。考えたことがなかった。鉱石の性質を説明するより、名前を伝えるほうが早い。

でも、そのためには鉱石の名前を覚えなくちゃいけないのか。

「そんな勉強、嫌じゃない？　私、鉱石には関心がないし。だから、魔法力持ちとも言えないわ」

そういえば、アリシア様は魔法の授業は取っていらっしゃらなかった。

「友人のサラは花を咲かせる能力持ちなの。あなたと少し似てるわね。ロマンチックでいいじゃない？　エドワード様は爆発力なの」

爆発力？　なんだか物騒な匂いがするが？

「それはなんでございましょう？」

「風魔法の一種だと思うわ。戦士に向いているらしいわ」

「ロ、ロジャー様は？」

私なんかが聞いても仕方ない。だけど、別に会話の流れだ。聞いてもいいだろう。

「ロジャー様は火よ」

私はちょっと嬉しかった。あのロジャー様と一緒の授業……

「でもねえ、ロジャー様は別格なの」

「別格？」

「エドワード様と組むと、恐ろしいことになるらしいわ。二人で大爆発を起こしたことがあって……」

「えっ？」

「まだ一年生のときよ。もう建て直したんだけど、バラ園の中の四阿《あずまや》を爆発炎上させてしまったの」

なにすんだ、魔法力。こわ……

「そうなのよ、魔法力って一歩間違うと大変よね。ロジャー様の火焔の魔法力は強力なんだけど、ちょっとばかり制御に問題があったらしくて……」

女子力、どうしよう。なにか知らない危険を秘めているかもしれないわ。

「そんなわけで、あの二人は特別授業なの」

「そうでございますか」

私はうなだれた。同じクラスで授業を受けられるわけではないのか。

それに授業が増えたということは、お金も時間も余分にかかることを意味する。教科書代だってバカにならない。授業料は一括払いだけど、そのほかに教材費とかもかかるかもしれない。

それに移動距離が伸びる。学園中で、チビで変なカツラとメガネの私は有名になっていた。

そして、義姉はそれが気に障るらしかった。

というのは、義姉が期待していたように、変な奴と見下されるだけではなかったからだ。

私は、一年生最初の簡単な試験でなんと一位だった。

自分でもびっくりして腰を抜かしそうになった。

見た目はおかしいが、さすが特待生という噂が義姉の耳に入ったらしい。

私は義姉に学園の裏庭へ呼び出された。

「ちょっと、なに目立ってんのよ！」

「なにって、どれのことですか？」

「成績よ！」

そう言うと、彼女は手にしていた箒《ほうき》で私に殴《なぐ》りかかった。

さすがダントツの悪意力の持ち主だけあって、こういうときの箒《ほうき》の使い方は実にうまい。掃除《そうじ》をさせたら、全然きれいにならないのに。

侍女力では対抗できない。それに私は敏捷《びんしょう》だけど、チビで力がない。したたかに肩を殴られた。結構な力だ。

「成績？」

「とぼけないで！　ロジャー様が成績のいい娘をお好きだなんて、嘘でしょう？　それであんたは、ロジャー様に見せようと思って、いい成績を取ったんでしょう？」

私の話を、信じているのか、信じていないのか、どっちなの？

「違います！」

義姉は、次は水の入ったバケツを持った。ぶちまける気かしら。もう冷える季節なのに嫌だ。見ると、バケツの水の表面には薄氷が張っていた。悪意力、やばい。こういうときに威力を発揮するのか。

私の火の魔法力は弱いうえに、まだ発展途上だ。あんな量の水を蒸発させたりできない。

「冷たい水でもかぶればいい！」

水は、みごとなくらいばっちり、私にだけかかった。

「悪意力、侮《あなど》りがたし！」

私は歯を食いしばって、口の中で言った。歯がガタガタ言い出したからだ。

頭から水をかぶり、せっかくいただいた服がびしょ濡れになった。明日、着る服がない。

「成績はね、私より下を取るようにしなさい！」

「無理でしょう！」

義姉の成績の悪さは半端ない。ほぼほぼ最下位ではないだろうか。

義姉は今度は箒《ほうき》の握りのほうで、いきなり私の胸を突いた。私は、はじき飛ばされ、尻もちをついて泥まみれになった。すごい力だ。胸が痛い。

「面白いわ！　私に逆らうだなんて！　あんたみたいなマヌケが！」

義姉は高笑いを始めたが、急に黙った。

そして、私の後ろのほうを見つめている。

私は転んだまま、後ろを振り返った。

男性が二人立っていた。

「ロ、ロジャー様……」

義姉がつぶやいた。エドワード様とロジャー様だった。二人ともなんの偶然で通りかかったのだろう。

「なにをしているんだ？」

明らかに怒気を含んだ声で、ロジャー様が言った。

「あ、あの、これは……」

義姉がうろたえている。

「この前も、この娘に乱暴を働いていたね？　この娘になんの恨みがあるんだ？」

「この、娘……は、生意気ですから」

「生意気？　どういうことだい？　あなたとはなんの関係もないのだろう？」

　このとき、義姉は言ってはいけないことを言った。

「このハゲ娘、うちの下女なのでございますよ。品もなければ、出来も悪い。このようにたびたび躾《しつけ》をしなければならないのです」

　二人は呆れ返った。

「使用人に暴力を振るう貴族がいると聞いたことはあるけれど……そんなことは絶対にしてはならないと、学園で繰り返し教育を受けているではないか」

　そして、明らかに蔑《さげす》んだ調子になった。

「父上に言わなければならない。使用人だからと暴力を働くような令嬢と結婚はできない」

「ま、待って……」

　義姉は取りすがった。

「誤解ですわ」

「誤解ではない。もう二回目だ」

「この娘は使用人ではないのです……！」

「じゃあ誰なんだ？」

　妹です……と言うのはもっとまずい。

「あのう……」

私がここで口を挟むのはどうかと思ったが、びしょ濡れのまま、こんなところにはいられない。風邪をひいてしまう。

しかし、悪意力あふれる姉は、私が歯の根が合わなくてガタガタいっていることに気づいた。

ニヤリと笑うと、わざわざ話を長引かせにかかる。

「実は……話せば長いのですけれど……」

「聞きたいね」

エドワード様が義姉を睨《にら》みながら、きっぱり言った。

この調子では長くなりそう……こんな緊迫した場面で口を挟むのには勇気がいったが、義姉特製の悪意満載の水は氷同然だった。身がもたない。

「あのう、私、服を着替えに行きたいと思いますので、申し訳ございませんが……」

この言葉に、二人はハッとした。

「すまない。どうしよう。こんなことを言い争っている場合ではなかったな」

「私は、この場を失礼させていただいて、皆様方はお話を……」

「そうですわ。そんな小汚い娘などお構いになるものではありません。死んでちょうどいいくらいですわ。それより、私とお話を……」

これを聞いた途端、二人はくるりと義姉に背を向け、私に手を差し出した。

「さあ、立って。どうにかしよう」

「いえ、私なんかにお構いなく」

「そんなひどいことはできない」

「いえ。私が悪いのですから。アンナ様が悪いわけではございません。ロジャー様、どうぞアンナ様とお話を」

ロジャー様はちょっと驚いた様子だった。

「なに言ってるの、君。あんなひどいことされて、かばうだなんて。さ、僕の手を取って」

私は頭《かぶり》を振って、ロジャー様の手を取ることを拒否した。水しぶきが飛んで、ロジャー様にかかったかもしれないけど、それより義姉を持ち上げないと。

事情があるんです。事情が。このまま帰ったら、家で半殺しの目にあう。

「そうよ。そのとおり。悪いのはこの子よ。どんな目にあっても当然なの。本人もそう言っているでしょう？　ね？　ロジャー様。まだ、躾《しつけ》が足りないわ」

お義姉様。それは余計な一言というものです。

なにか事情があるのかなー？　くらいに思わせておけばいいものを、上からおっかぶせてさらに悪人面をするんじゃありません。あなたのお気に入りのロジャー様が、心底嫌悪した顔つきになっているわ。

でも、義姉に意見するわけにもいかず、私はよろよろと立ち上がった。

とにかく、びしょ濡れなのをなんとかしなくては。

四　四阿《あずまや》炎上事件

私たちは食堂の片隅にいた。

本当は、アリシア様の部屋に行きたかったのだが、男性方はアリシア様の寮には入れない。

一人で大丈夫だと言っても、二人はついてくる。

仕方ないから食堂に行った。食事の時間帯ではなかったので、ほとんど人がいなくて助かった。

「大丈夫。僕たちは火の魔法が使えるから。乾かすくらい簡単さ」

ロジャー様が慰《なぐさ》めてくださった。

「よ、よろしくお願いします」

もう、私はがちがちに震えていた。

「では……」

だが、私はそのとき、エドワード様の様子に気がついた。

どう見ても、不安がっている目つきだった。

「ちょっと、もしかして？」

私はアリシア様が話してくれた、四阿《あずまや》炎上事件を思い出した。

なんでも、ロジャー様は火焔の制御に少々問題があるって、確かアリシア様が……

次の瞬間、ゴォオオオと地響きのような音がして、巨大な火柱が食堂に出現した。

「ギャー！」

まず厨房《ちゅうぼう》のほうから悲鳴が上がり、ほとんど人がいないと思った食堂のあちこちで人が叫び始めた。

「やめろ！　ロジャー！」

エドワード様が慌てて制止する。だが、火柱は収まらない。

「仕方ない。クソッ」

エドワード様が叫ぶ。今度はドオォーンという音と、次いでガシャーンという大音響が響き渡り、火柱がぶっ飛んだ。正確には、炎は食堂の窓ガラスを突き破って、テラスから庭へ抜けていった。

エドワード様の爆発力らしい。庭とテラスに誰もいないことを祈った。

私はカツラもドレスもびしょ濡れだったので、一瞬、火にさらされても被害はなかった。

すごい荒業《あらわざ》だ。

私は呆然と炎を見送った。

私の魔法力は、ただの女子力で本当によかったと思う。

こんな魔法力、怖すぎる。

「エドワードの魔法力は本物なんだ。ただ、ちょっと制御に問題があって……」

横で、ロジャー様が言い訳を始めた。

「ロジャー様の魔法力も制御に問題があるのでは……」

私は言いかけたが、その瞬間にエドワード様が私を見て叫んだ。

「うおおおッ、カツラに火がついている！」

ロジャー様は真っ青になった。

「いけない！」

カツラの吸水が不十分だったらしい。

次の瞬間、彼はカツラを吹っ飛ばした。火の魔法の使用はあきらめたんだ……

だが、私も同時に頭を殴《なぐ》られる結果になった。衝撃でブンと風が起きた。

「キャ……」

その後のことは知らない。

しばらく気を失っていたらしい。


気がつくと、ロジャー様が心配そうに私の顔を覗《のぞ》き込んでいた。エドワード様はいなかった。

「……あ。申し訳ございません」

私は食堂の隅っこのほうで、椅子を何脚か並べた上に寝かされていた。

「申し訳ないのは、こちらのほうだ」

ロジャー様がすまなそうに言った。

「カツラに火がついていたので、すっかり慌ててカツラを吹っ飛ばした。だけど、同時にあなたをノックアウトしてしまった」

あなた？　下女の私をあなた呼び？

「あ！　カツラは？」

「カツラはここだ」

妙に大事そうに、ロジャー様は、一部が燃えて色が変わってしまっている半乾きの薄汚いカツラを取り出してきた。

私は、急いで手を伸ばした。これを被《かぶ》っていないと、毛が五センチくらい伸びていることが義姉にバレてしまう。そうしたら、今度はツルツルの坊主頭にされてしまうかもしれなかった。義姉やマジョリカの腕前でそこまで刈り込まれたら、今度は頭皮が危険だ。

「どうしてこれを被《かぶ》っているの？」

ロジャー様は、カツラを握り締めたまま聞いてきた。

「被《かぶ》らなければ、醜《みにく》いからですわ」

ロジャー様は、真剣になって言った。

「逆だ」

「え？」

急にロジャー様が赤くなった。

「ええと……すっごく可愛い」

「――？」

私はロジャー様を見つめた。

ロジャー様はどんどん赤くなっていって、なんだか具合が悪そうだった。

「カツラ、ないほうが可愛い」

「髪の毛がないほうがお好きなのですか？」

純粋に疑問だった。

「違う。メガネだ。メガネ、ないほうが可愛い。カツラ、ないほうが可愛い」

彼は、だんだん支離滅裂《しりめつれつ》になってきて、なにかブツブツ言い出した。

「あー、どうしたらいいんだ」

「ロジャー様、申し訳ございませんが、それを……」

私は、カツラに手を伸ばしたが、ロジャー様は渡すまいと背中にカツラを隠してしまった。

「ダメですわ。被《かぶ》っていないと叱られます」

「あのアンナにか。君たちは一体どういう関係なんだ。使用人を学園に入学させるだなんて、聞いたこともないぞ？」

「それは……」

「君の名前を教えてくれ」

ロジャー様が真顔になって聞いた。

「君はただの使用人じゃない。僕にだって、それくらいわかる。君は本当は誰なの？」

なんだかドキドキしてきた。名前を聞かれているだけなのに。

「誰……というほどの者では……」

名前には力が宿る。呼べば、その人が思い出される。心の中にその姿が思い浮かぶ。様々な感情、思いを伴って。

今この瞬間、ロジャー様という名前はなんだか特別なものになりつつあった。

ルイズの名を伝えたら、どうなるのだろう。

その名前は、ずっと下女の名としてロジャー様に記憶される。

伯爵家の令嬢としてなら、名乗りたい。けれど、今のこの格好では……伝えたくないなあ……

「あなたの名前を知りたい。でなかったら僕はあなたを探せない」

「探す必要はありませんわ」

あなたは義姉の婚約者ですもの。いずれ必ず見つかりますわ。でも、そのときにはなにもかも遅い……

あれ？　今、なにを思ったのだろう？

そのとき、アリシア様とエドワード様が、庭側から急いでやってくるのが見えた。

まずいわ。私は、無理矢理ロジャー様の手からカツラを奪い取って被《かぶ》った。

「ああ……」

ロジャー様はがっかりしたような声を出した。

エドワード様が食堂に入り、声をかけてきた。

「彼女、目を覚ましたかい？　どんな様子だ、ロジャー？　アリシアが近くの教室にいてくれて助かったよ」

「一体、なにがあったと言うのですか？」

息を切らしながら聞くアリシア様に、エドワード様はすまなそうに説明した。

「ロジャーが殴《なぐ》ってしまって」

「なんですって？　どうして女性を殴《なぐ》ったりしたんですの？」

アリシア様は語気鋭くエドワード様に切り込んだ。

申し訳ありません、アリシア様。私なんかのために、来ていただいて。

「それには、事情があったんだよ。火傷《やけど》させるわけにはいかないだろ？」

アリシア様は何事かに気がついたらしく、たちまち目をつり上げた。

「火傷《やけど》？」

「あっ、しまった！」

そのとき、ロジャー様が叫んだ。彼は食堂の入り口を見ていた。

通報を受けた大勢の教師たちが、血相を変えて食堂に走り込んできたのだ。

「ロジャー！　エドワード！　また、お前らかああ！」

「マズイ。エドワード、ここは頼んだ。僕は逃げる」

「待て、ロジャー。裏切るな。お前が最初に炎を出したから、こんなことに！」

「この人をほっとけないじゃないか」

ロジャー様とエドワード様は言い争いながらも、迫り来る教師軍団から逃げようと走り出したが、
それを阻止するように一人の教師が怒鳴った。

「魔法学の教師を舐《な》めるなよ！」

それは、例の魔法力検査官の先生だった。

彼は立ち止まり、がっと足を踏ん張ると、ロジャー様とエドワード様に向かって、魔法を放った。

「しまった！　リンカン先生の捕縛魔法だ」

「うわっ、捕まった！」

二人は、まるで見えないなにかに引っ張られるように教師たちのそばへ吸い寄せられていく。

アリシア様は呆れたようにその様子を眺めていたが、私へ目を向けるとにっこりと笑った。

「大丈夫よ。あの二人は、いつものことよ。カツラはちょっと焦げてるけど、元々焦げたみたいな色だから大丈夫」

カツラの評価の件に関してアリシア様に悪気はない。

カツラとメガネは少しひん曲がっていたが、ちゃんと私の頭にのっかっていた。

ほっとした。

「ロジャー様があなたのことを殴《なぐ》ってしまったんですって？」

「あ、それは……」

カツラに火がついてしまったもので、と言いかけたところでアリシア様が心配そうに言った。

「服は完全に乾いてはいないわ。急いで着替えないと風邪をひいてしまうわね。もう一着、お古をあげましょう。家の侍女の古着なんだけど、いいかしら？」

「ありがとうございます！　ご親切に」

私は感激して叫んだ。エドワード様といい、ロジャー様といい、アリシア様といい、皆様なんて親切なんだろう。

「でもねえ、ロジャー様ったら、おかしいのよ？」

「なにがでございましょう？」

私は立ち上がりながら尋ねた。

「ほんと変なの」

ちょっと笑い、アリシア様は答える。

「エドワード様から、ロジャー様があなたの話ばかりするって聞いたわ。あなた方、知り合いではないわよね？」

強《し》いていえば、義姉の婚約者なので、将来のお知り合いだが、ここは説明すべきではないと私は判断した。

「違います」

「そうよねえ。でも、じゃあ、なんなのかしら」

それからは特になにも起きなかった。

いつもと同じ。

私は義姉に、「私が悪い人間なので、アンナ様が教え諭《さと》しておられたのです」とロジャー様に説明し、納得していただけたと、報告した。

こんなバカな話をロジャー様が信じるわけがないと思うが、なぜか義姉は頷いた。そして、ロジャー様に許されたのだから、お茶会にお招きしたいだの、侯爵家にお呼ばれしたいだのと騒いでいる。

本当のところを言えば、私はエドワード様とロジャー様にしばらく会えなかった。

食堂で大事件を起こしてしまったので、二人は謹慎させられているという話だった。

「謹慎というか、魔法力の制御の特訓ね」

さすが婚約者のアリシア様は事情通だった。

「オースティン将軍は、あの二人のことを見込んでいるの。大変な戦力になるって。ただし、制御がうまくできればの話だけれど」

もっともだ。

どうやら、あの二人は、将来の国境線の戦力として見込まれていて、そのために最大火力を出す特訓ばかりを受けていたらしい。

「つまり、魔法力制御の練習なんか全然したことがなかったのよ」

アリシア様が教えてくださった。

そんな人たちが、私がびしょ濡れになったからって慣れない火力の出し方に挑戦して、見事失敗したというわけだ。

「もう！　食堂のガラスがめちゃくちゃに割れて、テーブルとイスが黒焦げになったそうよ」

アリシア様はブツブツ文句を言った。

だけど、あのときのロジャー様はとてもかっこよかった。

たとえ、食堂の真ん中に危険極まりない火柱を出してしまったにせよ、すごくすごくかっこよかった。

すごい魔法力だ。もし戦場だったらどうだったろう！

そして、どういう気まぐれだか、君の名前を教えてくれなんて言ってくださったのだ。

私は初めて本気で義姉が憎たらしくなった。

彼女は、ロジャー様と結婚するのだ。そんな値打ちのない女なのに。

私のほうがずっとふさわしいのに……って、どっかの誰かみたいなことを考えてしまった。

私が浅ましいのかな。

だけど、本当のことなのよ。だからこそ考えてしまう。

「でも、なんで、炎なんか出したのかしらねえ？」

アリシア様には、言っていないんだ。

「エドワード様に聞いても教えてくれないのよ」

「そうなんでございますか」

ちょっと私は嬉しくなった。私とロジャー様の秘密だ。あ、エドワード様もいたっけ。

「そうなの。そのうえ、困ったことにロジャー様はなんだか荒れているらしいの」

「それはどうして？」

私は心配になって尋ねたが、その反応があまりにも速かったらしい。アリシア様がちょっと驚いたように答えた。

「婚約解消がうまくいかないらしいのよ」

私がしゃべったって言わないでねと前置きして、アリシア様は教えてくれた。

「オースティン将軍がロジャー様を見込んだうえでの婚約でしょ。オースティン家は、伯爵家だけれど、領地も広いし、当主は現将軍。軍のトップよ」

知っている。私にとても甘かったのに、父には私より大事な存在ができてしまったのだ。義母と義姉だ。

「ロジャー様は侯爵家とはいえ三男だし、オースティン家の一人娘への婿《むこ》入りは願ったりかなったりの良縁なの。ただ一つ、本人の気持ちをのぞけば」

本当はオースティン家の娘は一人ではない。私がいる。だけど、義母と義姉は絶対に認めないだろう。

「その、その婚約は……いえ、結婚はいつなのでしょう？」

私はかすれた声でアリシア様に聞いた。

絶対に父に会いたい。ロジャー様とアンナの結婚前に、父に会いたい。

父は、もう私のことを娘だと思っていないかもしれないが、少なくとも学園には入れてくれた。多少の愛情は残っているはずだ。

「結婚予定までは知らないけど。他家のことですから。でも、どうして、あなたがそんなことを知りたがるの？」

私はハッとした。聞いてどうするつもりなんだろう、私。

「ロジャー様の家では、ロジャー様に手を焼いているらしいわ。せっかくの良縁なのに、本人が嫌がるだなんて」

「わ、私だって、アンナ様がお相手では、お断りです！」

アリシア様がおかしそうに私の顔を見た。

「ま、私も同意見よ。ロジャー様を助けてあげたいくらいよ」

私はアリシア様を見上げた。

「私もそう思います！　ロジャー様にはもっとふさわしい方がいると思いますわ」

「でもねえ。貴族間では、婚約している人の間に割り込むことは禁止事項ですしね」

ですよね。私はなにを期待していたのだろう。

魔法力検査のあと、私は生活火力の授業を受けることになった。

事件があった次の週、生活火力の授業がある教室へ行くと、どういうわけか、人だかりがあった。なんだろうと思ったら、私たちの隣の教室で、ロジャー様とエドワード様が特訓を受けているらしかった。例の謹慎という名の魔法力制御の特訓はここでおこなわれていたのね。

この二人は、魔法力が突出しているうえに、魔法力の種類が派手なので大人気らしい。

確かに義姉の悪意力なんかは、他人に害をなす以外には使えないが、実際に戦力になる火力と爆発力は大歓迎だろう。

普段二人は、別のもっと大きな施設で練習していると聞いた。

今日は、小火力の訓練なので、普通の生徒が使用する教室で練習しているらしかった。

私も覗《のぞ》こうかと思ったが、あまりにも見物人が大勢いたのであきらめた。

次の瞬間、ドーーンという音とともに地響きがした。見物人たちはキャーと悲鳴を上げて、一斉に逃げ出す。私は好奇心に負けて、逆に教室に近づいて覗《のぞ》き込んだ。隣の教室だもの。ちょっと首を伸ばせば見える距離だ。

「このッ」

見ると、いつかの魔法力の検査官がロジャー様を殴《なぐ》っていた。先生らしい。

「まじめにやれ！　ヤケになるんじゃない」

エドワード様は呆れたといった表情をしていた。

「ロジャー、なにやっているんだ」

ロジャー様は、なんだかなにも見えていないようなぼんやりとした目つきだった。

見物人はもはや誰もいなかったが、私だけはロジャー様から目が離せなくて、その場に残っていた。

ロジャー様と目が合った。

彼は私を見ると、ちょっと身震いして、怒られている最中なのに、ゆっくり私のほうに歩いてくる。

「こら！　ロジャー！　真面目に話を聞けー！」

ますます怒られている。

ロジャー様は、私のそばまで来た。教室を出て、出口にもたれかかって私につぶやいた。

「君と結婚したい」

「え？」

「あの女は嫌だ」

彼は突然、私のカツラを掴むと頭から外した。

「あ、あの、ロジャー様……？」

私は真っ赤になった。髪の毛はまだ五センチちょっとしかない。そんなところをロジャー様に見られるなんて嫌だ。

前に見られたときより髪の色は濃くなって、はっきり金髪とわかるくらいになっている。

「金色の冠のようだ」

至近距離で見るロジャー様の灰色の目と額にかかる黒髪は、かっこいいなんてものじゃなかった。

勝手に胸がドキドキしてきた。先生も生徒も授業も、どうでもよくなってきた。

「このバカ、ロジャー！」

だが、後ろから検査官がやってきてロジャー様をまたも怒鳴りつけた。

それから、検査官はまじまじと私を見た。

「この子か、ロジャー」

「この子？」

私はつぶやいた。

検査官は、カツラとメガネを取った私の顔を見た。エドワード様も私の顔を見ていた。エドワード様はびっくりした顔をしていた。あの食堂の大爆発のときにエドワード様も一緒にいたけれど、エドワード様は私の顔を見なかったのだろうか。

しばらくじっと見つめた末に、検査官は言った。

「ああ、確かに可愛い子だ。とても可愛い。お前の気持ちもわかるが……困ったものだ、ロジャー」

彼はロジャー様のほうを向いて言った。

「君は正式に婚約している。婚約破棄なんかできないぞ」

私はカツラを取り戻すと、素早く装着した。

胸は相変わらずドキドキしていたが、その理由を考えてはいけない。

ここは教室。学園の中。容赦《ようしゃ》ない現実なのだ。

私にはやらなきゃいけないことがある。

でないと生きていけない。貧乏下女は。

それにカツラを取ると、髪の伸び具合がわかってしまう。万が一、義姉に知られたら、刈り込みに来るに決まっている。

もう少し髪が伸びたら、たとえば肩に届くほどになったら、みんなの前でカツラなんか脱ぎ捨ててやるつもりだった。

そうすれば、変な娘だと思われなくて済む。

一度、素顔を知ってもらえば、仮にもう一度義母たちが私の髪を刈り込んでも、誰がやったのか、学園の生徒や先生方にはわかるだろう。

今、私は自宅だけで暮らしているわけじゃない。

学園という味方がいる。どんなに意地悪な令嬢だったとしても、私が平民に思われていたとしても、女の子の髪を切ってしまうだなんて、非難されると思う。

五　学園生活満喫（ただし下女として）

私は、義姉の希望をよそに、段々とクラスに馴染《なじ》んでいった。

人間、見た目じゃない。

もちろん、依然、男子生徒からは不憫《ふびん》そうな、あるいは不気味そうな視線を投げかけられていた。

でも、女子は優しい。

「悪い子じゃないわよ」

などと庇《かば》ってくださる方まで現れたのだ。

「見た目なんかなによ」

このありがたい言葉には落涙してしまった。

私はいつでも分を弁《わきま》え、平民らしく、振る舞った。

勉強だけは誰にも引けをとらなかったが、これは特待生だから当たり前だと思ってもらえた。

魔法力はわずかな火の魔法力だけ。

火の魔法力は種火を起こすのにさえ四苦八苦するレベルだったけれど、皆様、クスリと笑って「貴族ではありませんものね」と大目に見てくださった。

女子力？　というか育成力？　があるため、農業の授業も受けている。こちらの魔法力量は下手な貴族よりあったが、治癒の力などと違って、ご令嬢方が欲しがるステイタスではない。みんな、ほぼ無関心だった。

自邸にいるときと比べれば、とにかく幸せだった。

自宅に帰ったときは、いつでも、おどおどしょんぼりした風を装《よそお》った。

そうすれば義母と義姉が満足することを知っていたのである。

私は、カツラとメガネのくせに、もう順風満帆《じゅんぷうまんぱん》だった。

このまま卒業すれば、どこかの貴族のお宅か、うまくすれば王宮に女官として就職することができる。

成績にはまったく問題なかったし、魔法力がちょっぴりあることもプラスに働く。

魔法力がわずかでもあると、どこかで貴族の血を引いている証拠とみなされるので、たとえ平民でも優遇される。

問題は髪だった。この格好では侍女としても家庭教師としても雇用を拒否されるに決まっている。となると卒業までにある程度伸ばしておきたい。

家に帰って寝ているときに、刈り込まれないよう、屋根裏部屋のドアにはつっかい棒をして中に入れないようにした。

どれくらい伸びたか、絶対にバレてはいけなかった。

私は絶対にカツラを脱がなかった。もし、他人の口にでものぼったら最後だ。

今、私は幸せだった。

隅っこでご令嬢方を眺めるだけで彼女たちの会話には入れないけれど、話を聞いていても誰も追い出さなかった。

荷物を運んだり、代わりに物を取りに行ったりなどの教官の細かい雑用も進んでやった。おかげで先生方の評判もだんだん上向いてきた。

「最初は気味の悪い、汚らしい平民がまざっていると思ったが、なかなか気が利く」

「そうだな。あれなら、うちで雇ってやってもいいくらいだ」

先生が、他の先生に言っているのが聞こえたときは本当に嬉しかった。

「多少は魔法が使えるらしいし、平民とはいえ上等じゃないか」

さらに、私は、誰それが別れただの、新しく婚約しただの、姉が社交界デビューしただの、面白そうな話を聞くことができて満足だった。

しばらくするうちに、ある噂が学園内に広まっていった。

ある貴族の子弟が、可愛らしい平民の娘に入れあげて、婚約者との婚約破棄を狙っているという噂だ。

多くのご令嬢方は眉を顰《ひそ》めているらしい。

まさかそんな絵に描いたようなスキャンダルが発生するだなんて！

私はご令嬢方の話には参加できなかったが、同じくらい興味を持った。

「なんてことかしら！　男子の中で密かに噂になっているだけだから、真偽のほどは不明だけど、本当だったら許せないわね」

誰かが興奮して、食堂内ではしたなくも叫んだが、私もアリシア様もまったく同意見だった。私は、アリシア様の遅い昼食に付き添って、いつものように甲斐甲斐しく彼女のお世話をしていた。

ご令嬢の言うとおり、婚約者を蔑《ないがし》ろにするだなんて、男の風上にも置けない。

ましてや平民の、なんの取り柄もない可愛らしいだけの娘がお相手だなんて！

アリシア様はため息をついた。

「エドワード様がそんな裏切りをしていたらどう思うか、考えてもごらんなさいな。悲しいわ」

「本当に。考えただけで心が痛みます」

私は深く頷いた。

もし、自分に婚約者がいたとして……もちろんそんなことは考えられなかったが……その男性が可愛らしいからと、容貌だけで別の娘を選んだとしたら、絶対に耐えられないだろう。

でも、心の底では、ちょっと、いや猛烈に、好奇心が湧いていた。

それって、巷《ちまた》で噂の真実の愛ってやつではないか？　自分の婚約者だったら都合が悪いが、噂が事実だったらどうだろう。

卒業パーティでの断罪劇とか婚約破棄とか、実際に見るのは、ワクワクしない？

「エドワード様はまったく関係なさそうですから、本当に高みの見物ですわね。そう思うと、相手のご令嬢には、お気の毒で申し訳ないながら、多少興味は出てきてしまいます。どういう事情があるのでしょうね。知りたいですわ」

私は正直に言った。

アリシア様は私が淹《い》れたお茶と、エドワード様からの差し入れのお菓子を昼食後のデザート代わりに楽しみながら答えた。

「そうなの！　実は私もなの！」

「もしや、皆様、その噂で盛り上がっていらっしゃるのでは？」

「はしたないって言われるかもしれないのですけど、その噂ばっかりなのよね！」

なんだかんだ言いながら、アリシア様は、二年生の皆様の様子を話してくれた。

「二年生の話ではないと思うの。二年生の話だったら、もう少し具体的に色々と聞けると思うのだけど、そこまで噂になっていないのですもの」

「一年生の話でもないと思います。婚約者がおられる方もかなりいらっしゃいますが、噂は聞きません」

そう言ってから、私は殊勝《しゅしょう》そうに付け加えた。

「もちろん私は貴族の皆様方のお話に加われる身分ではありませんが」

「私も、一年生ではないと思うの。やっぱり、卒業間近で、実際に結婚話が具体的になっている三年生ではないかなと」

「エドワード様はなにもご存じないのですか？　三年生ですわよね」

アリシア様は残念そうに首を横に振った。

「エドワード様は、噂話は嫌いなの。ですからあまり聞かないようにしているのよ」

私は残念ですねと言いかけて、「ご立派ですね」に言葉を差し替えた。危ない、危ない。余計なことを言うところだった。

だが、噂でそれは終わらなかった。

一週間ほどしたある日、アリシア様が言った。

「ねえ、この間流れていたあの噂を覚えている？」

「どの噂でございましょう？　お嬢様」

私はすっかり侍女然として、アリシア様の部屋でレースを繕《つくろ》いながら尋ねた。

レースは引っかかりやすいのが難だ。細かい作業である。

顔を上げると、アリシア様が青い顔をしていた。私はちょっと不安になった。なんの話だろう。

「この間食堂で話した噂よ。婚約者とは違う女性と親密になって、婚約者を蔑《ないがし》ろにした方のお話」

「はい。ございましたねえ」

うん。あった、あった。あのあと、進展があったのかしら？　聞きたいけど、どうしてアリシア様が青い顔をしておられるのだろう？　まさか、エドワード様が？

「あれ、ロジャー様の話だったのよ！」

私は繕《つくろ》い物を取り落とした。

「まさか……」

あのロジャー様がそんなことをなさるなんて。

「確かにあの婚約者じゃ別れたくもなると思うけど……」

私もまったく同感だ。だけど、問題はそっちじゃなくて……

「平民の娘に入れあげるだなんて、見損なったわ、ロジャー様」

まさかあのロジャー様が……

「エドワード様は全部知っていたらしいわ。でも、私に教えてくれなかったの！」

「それは……」

仕方あるまい。

いくら親友でも、いや親友だからこそ、人のことをしゃべって歩くことはルール違反だ。

私はロジャー様のことをよく知らない。知らないことになっている。

けれど、ロジャー様のことを思うと、なんだか心がざわめく。

私にとってロジャー様は、とてもかっこいい男性だった。

しかも私に、『可愛い』とか『結婚したい』とかまで言ってくれた。

でも、私はしがない下女。ロジャー様やアリシア様たちとは、世界が違う。

だから、私は最初から本気にとらないことに決めていた。

想像すると、どんどん勝手に都合のいいほうに妄想してしまう。

私は、立派な侍女になるか、女官として王宮で働くのだ。

堅実な将来設計だ。この計画を忘れてはいけない。

ロジャー様のことは、雲の上の物語の登場人物のように思っている。私は登場人物じゃない。

あの人は義姉の婚約者なのだから。でも……

義姉を思うと、余計な思いが首をもたげてくる。

ロジャー様はあの義姉にはもったいない。

そして、彼は明らかに義姉を嫌っている。

いや、だめだ。とにかく考えてはだめ。

でも、私だって、こっそりと、たまにロジャー様のお姿を垣間見るくらいは許されてもいいのじゃないかしら。

一度も行ったことはないけれど、世の中にはお芝居や歌を聞かせてくれる劇場があるという。

義母は、ある歌い手に夢中だった。

すばらしい顔立ちと見事な声だといつも熱中していた。

私にとって、ロジャー様も似たようなもの。

遠くから憧れるだけの存在だ。

義姉を問い詰めたときは、本当にかっこよかったし、魔法を暴走させてしまったときも可愛いと思ってしまった。

義姉の支離《しり》滅裂《めつれつ》な言い訳を、冷静に聞き流しているその姿に見惚《みと》れた。

教室で先生に叱られているときは、こっそり心配した。

冷静そうな落ち着いた灰色の目をしているのに、食堂を大爆発させてしまうだなんて、ギャップ萌えだ。

もう、なにをしてもいい。かっこいい。

「どこの誰ともわからない平民の娘なんかを相手にするだなんて！」

そう言うアリシア様は、ロジャー様をエドワード様に置き換えて考えているのだろう。

私はもう少し複雑だった。私は伯爵家の娘。でも、事実上平民扱いだ。

もし、平民の娘でも真剣に考えていただけるというなら……

私は頭を振った。

ダメダメ。

また変なことを考えている。

ロジャー様は、すでに決まった方がおられるのだ。しかも本妻枠のほか、噂の平民により愛人枠まで埋まってしまった。

「本当にそうでございますわねえ……」

本妻枠があの義姉だから、浮気もうっかり理解を示してしまうのだが……浮気が許せない気持ちは貴族令嬢として当たり前だろう。

「立派な方だと思っていたのに、なんてことかしら」

本当になんてことだろう。

「複雑ですわ、アリシア様」

「どうして？　婚約者がいるのに、他の娘を相手にするなんて、許されることではないわ」

アリシア様は気色ばんだが、私は言った。

「婚約者がアリシア様のようなご令嬢だったら、許せなくて当然でしょう。お美しくて、なにもかも整っていらして、婚約者のエドワード様も自慢にすることはあっても、婚約破棄など考えたこともないでしょう。せいぜい他の殿方に取られる心配をするくらいで」

侍女はちょっぴりお世辞もまぜる。

「そうね」

アリシア様も同意してくださった。

「ですが、相手があのアンナ様だと思うと、ロジャー様のお気持ちも少しはわかります。だからといって、婚約しているのに、平民の娘を寵愛《ちょうあい》するなんて許せませんけど」

アリシア様がうーんと言った。

「そこなのよねえ……」

一方で以前、私は、ロジャー様と義姉の仲を取り持つよう命令されていた。

どうしたものか。

ロジャー様は勉強ができるお嬢様がお好みのようですと嘘の報告をあげていたが、案の定、義姉の成績はさんざんだったらしい。

進級がどうのこうのと話をしていたから、落第するかもしれないレベルなのだろう。

成績は本人の責任だし、それで嫌われるのはどうしようもない。少なくとも、私は関係ないと逃げられる。

だが、ロジャー様の浮気がこんなにまで噂になってしまっているようでは、だめだ。

私はロジャー様と義姉との関係をよくするように……つまり、婚約破棄を撤回させるようにと無茶ぶりされているのだ。それと引き換えに学園に通い続けていいと言われている。

それなのに、ロジャー様が平民の娘に夢中になるだなんて、義姉はカンカンだろう。義姉だけではなく、義母もマジョリカも。

「これはまずい……」

私は一人つぶやいた。


いつもより気を配って、静かにおそるおそる自邸に帰った。

遅い時間だったので、家に明かりは灯《とも》っていなかった。みんな寝てしまっているに違いない。

やれやれと、私は屋根裏部屋に続く階段を上った。

義母や義姉も、自分でなんとかすればいいのに。どうして私にロジャー様との仲の取り持つよう命令するのだろう。

無理に決まっているではないか。そもそも一年生の見た目のオカシイ平民の娘と、三年生の人気絶大な貴族の子弟に、接点があるわけない。

「お義姉様もその点はわかっていらっしゃると思うんだけど……」

独り言をつぶやきながら、自分の粗末な部屋のドアを開けた途端、それは出た。

「ギャアアアアーーー！」

私は絶叫した。だって、義母と義姉とマジョリカが、私の狭い屋根裏部屋にギッシリ詰まっていたのだから。

「なんです？　どうしたって言うんですか？」

思わず涙目になって、私は叫んだ。

「お前はロジャー様の誤解を解くことになっていたのに、ちっとも効果が出てないじゃない。どういうことなの？」

義母が叫んだ。

三人揃って、屋根裏部屋で待ち受けていただなんて、なにがあったのだろう。やっぱり、あの噂が婚約者である義姉の耳に届いたのだろうか。

義姉は涙を流していた。

「ロジャー様をお茶会にお誘いしたのに返事が来ないのよ。婚約者なのに」

「え？」

……と、一応言ってみた。

お茶会？　なんの話？

でも、ロジャー様の浮気話を聞いて、激昂《げっこう》してるんじゃないのね。よかった。

あ、そんなこと考えている場合じゃない。お茶会に呼んだ？　そして返事が来ない？　あー、それお断りってことじゃないかなー。参加メンバーを考えたら、私だって尻込みする。メインが義姉なんですよね？

「ロジャー様は、この頃はもう、私を見かけるとすぐにどこかに行ってしまうの。教室前で出待ちをしても、最近は窓から出ていってしまうのよ、二階なのに。そのうえ、先生に男子の学舎に入ってはいけないと注意されたわ。あんたが先生に言いつけたのね」

呆れてポカンとしていたら、マジョリカに顎《あご》を掴まれた。やめて。私の顎《あご》は、マジョリカの顎《あご》と違って、掴めるほど鋭くないわ。

「お前の失敗だ！　キチンと落とし前をつけるんだよ」

「お、落とし前？」

どういうこと？

「簡単じゃないか！　アンナ様の魅力をお伝えして、夢中にさせるのさ」

「む、無理！」

義姉に、どんな魅力があるって説明したらいいかわからない。

「なんだとう？　洗脳するだけじゃないか」

「余計無理です！」

誰が洗脳なんかできるのよ。無理に決まっているじゃないの！

人の気持ちなんか、神様でも変えられない。

「だいたい、なにがどうなっているのか、私にはさっぱりわかりません！」

私は叫んだ。

「お義姉様が婚約されていることは、知っています。お義姉様がロジャー様をお茶会に誘われたのですね？　それにお返事が来ないだなんて。婚約は家同士のお約束なのでは？」

完全な藪蛇《やぶへび》かもしれないが、この際、私がなにも知らないことをぜひ知っていただきたい！

そう。私はこの家ではいつも無視されている。学園でも、きっとそうに違いない。

私は無知！

私に話しかける者なんか、学園中で誰もいません！

……と説明してみた。

少なくとも義母やマジョリカは完全に納得するはずだ。

私はダメでバカで、誰からも相手されない哀れな娘であるべきのはず。

二人は黙ったが、義姉が叫んだ。

「ルイズは、わざとロジャー様に近づいたのよ！」

「違います！　ロジャー様はお義姉様に近づこうとしていたのです」

「それをルイズが邪魔したのよ」

お義姉様が、乱暴な真似をするからよ。話しかけられるまま、大人しく返事しておけばいいものを。……ていうか、まだ、あのダンスパーティのときの話？　それ以外の進展はなかったの？　ないな。なにしろ、平民の娘との浮気話が流れているくらいだもの。しかもまったく義姉は知らないらしい。学園内で孤立しているの、私じゃなくて、義姉のほうじゃないのかしら。

「全部、悪いのはルイズじゃないか！」

義母とマジョリカが忌々《いまいま》しそうに声を揃えた。

「違います！」

「この嘘つきめ！」

突然マジョリカが私に手を伸ばした。爪先が腕をかすった。

「ぎゃああ！」

マジョリカ、怖い。怪力。

たいして痛くなかったが、私は悲鳴を上げた。だって、痛がるほうを喜ぶんだもん。

結局、私はロジャー様と義姉を取り持つため、自邸でおこなわれるお茶会に参加するようロジャー様を説得するというミッションを拝命してしまった。

「……というか、本当にお返事が来ないのですか？」

婚約者の家でおこなわれるお茶会に誘われて返事が来ないなんて、信じられない。私は義姉を見た。

義姉は、持てる悪意力のすべてを込めて見返してきた。

怖い。

理由、わからないけど、もういい。

「わかったわね？」

マジョリカが首を押さえに来た。猫の子を扱うみたいだ。

「わかりました！　わかりましたから！」

お茶会への招待状は送付済みだが、返事がないのだという。

「そもそもお父様にご相談すればいいのではありませんか？」

そう言うと、どういうわけか、義母が奇妙な様子で押し黙った。

わけがわからなくて、私は義母の顔を見た。

「なんでも、この婚約、お父様がおすすめになったと聞きましたが」

ヒュッと音がして、義母の手が飛んできた。

頬《ほお》を思い切り張られて、私は自分のボロベッドの上に転がった。

痛い。

「いいかい、お父様の名前を出すんじゃない」

妙に落ち着いた声で義母が言いつけた。

「絶対に出してはいけない。わかったね？」

あまりの痛さに涙が出てきた。私はうんうんと頷いた。なんでもＯＫだ。痛い。

「それ以外の方法で、ロジャー様を連れてきなさい」

三人の中では一番迫力がないはずの義母が妙に落ち着き払って、私に命令した。

それから三人はドタドタと足音高く、私の部屋から出ていった。

一人残った私は、ひっぱたかれてじんじんと痛む頬《ほお》を撫《な》でながら、お茶会問題を考えた。

だって、奇妙な点が多すぎる。

婚約者のロジャー様をお茶会に誘うのは、もはや家の問題。

どうしてお義母様は、お父様にお願いしないのかしら？

お父様が言えば、侯爵家は断らないと思うのだけれど。

なぜ、カツラとメガネで小娘の私が間に立たなくちゃいけないんだろう？

「おかしいわね」

だからといってどうしようもない。私は翌日の生活火力の授業のあと、ロジャー様が出てくるのを待ち伏せした。

他の生徒たちは、私の姿を胡散《うさん》臭そうにジロジロ見て通り過ぎていく。

私だって、人気抜群で、噂の中心のロジャー様を待つ娘の役なんかしたくなかった。

どこかの美しい平民の娘に入れあげていると噂されているロジャー様だ。

私なんかお呼びじゃないだろう。

ただ私の用件は、ロジャー様と会うことじゃない。

私じゃなくて義姉と会ってほしいのだ。

唯一安心できるのは、ビン底メガネに、ネズミ色のような泥のような奇妙な色のいかにも安物のカツラを被《かぶ》った娘は、どう見てもロジャーが入れ込んでいる可愛らしい平民には見えないことだ。

ロジャー様に惚れ込んだ身の程知らずか、誰かのお使いくらいにしか思われないだろう。

「あ、あのっ」

黒髪と灰色の目の背の高い生徒が、赤毛の生徒と連れ立って教室から出てきたところへ、私は声をかけた。

「スチュアート様」

私はロジャー様の家名で呼びかけた。

二人は驚いた顔をして、足を止めた。

私は腰をかがめて、女の人がする正式の礼をした。

「アンナ・オースティン様の使いで参りました」

「君が？」

ロジャー様は不審そうだった。私は頷いて、言葉を続けた。

「はい」

そして、そのまま黙った。

他の生徒たちが、物珍しそうに私たちをチラチラ見ていく。

お茶会のお誘いだなんて、他の人に聞こえるところで言いたくない。

「僕は関係ないんだね？」

エドワード様が言い出した。

「え？　あ、はい。ロジャー様に伝言をお伝えしたくて参りました。こんなところでお呼び止めして、大変失礼なことは存じ上げております」

「そう。じゃ」

エドワード様はスタスタと行ってしまった。私は頭を下げたまま、誰もいなくなってくれるように心の中で祈った。

ロジャー様はかっこいい。

ロジャー様の前にいるだけで、話をするだけで、どんどん息苦しくなっていく。

だけど、私は言わなくてはいけなかった。あの義姉とのお茶会に参加してくれるように。

「今は時間がない」

ロジャー様はイライラした様子で言った。

「え？　あ、はい」

私は思わず、顔を上げてロジャー様の顔を見てしまった。

あ、素敵。

心の中で、なにかがぴょんぴょん跳ねた。とても嬉しそうに。

このときほど、ビン底メガネに感謝したことはなかった。

きっと、私の目はとても正直に自分の気持ちを表してしまっているだろう。

メガネ越しならきっと伝わらない。ロジャー様にはわからない。

私は声の震えを抑えながら、伝えた。

「ほんの少しだけ、お伝えすれば済むことです。私は……」

「そう。それなら、夕食が終わったすぐあとに食堂の裏のバラ園で会いたい。それじゃ」

それだけ言うと、彼は駆け足でエドワード様を追ってしまった。

「え？　あの、ちょっと……」

呼びかけたが、ロジャー様はすぐにエドワード様に追いつき、建物を出ていく。

残された私は彼の後ろ姿を見つめてボーッとしていた。

「バラ園で会いたい……」

なんてステキでロマンチックな誘い文句……

ロジャー様、どこかの平民と親密な関係を築いているくらいだもの。きっと口説き上手なのね。

身分の垣根を越える……うん、ロマンチックかも。

だが、はっと我に返った。いやいや、ロジャー様から誘われたわけじゃない！　ロジャー様を誘ったのは私だ。事務連絡のためだけど。

ロジャー様は、私と一緒にいるところを人に見られたくなかったのだろう。それで、別な場所と時間……あまり人目に立たない場所と時間を指定してこられたに過ぎない。

ただ、私は、これはマズイと困った。

自邸から通っている生徒は、授業が終わったあとは、学園に残っていてはいけない。

教師や誰か高位貴族の手伝いを頼まれた場合は、大目に見てもらえることもあったが、基本的には、私用で残ることは禁止されていた。

見つかったら叱られる。私は品行方正で、規律正しい生徒だったという評価が欲しいのだ。就職のために。恋人同士の密会の、定番中の定番、名所中の名所、食堂裏の見通しの悪いバラ園なんかで男性と会っていたら、それがダメになってしまうではないか。

私はかなり困りつつも、食堂の裏へ行くことにした。

義姉の用事を済ますために。だが、もし、こんなところを義姉に見られたらタダでは済まない。

義姉だけじゃなく、他の誰かに見られて噂を立てられてもたまったものではなかった。

私は、本当にドキドキしながら、ロジャー様を待っていた。

「待たせたね」

不意に背後から声がして、ロジャー様が現れた。

「あああ！」

びっくりして、変な声が出た。

それを聞いて、ロジャー様はクスクス笑い出した。

「なんだか、幽霊にでも会ったみたいな反応だね。どうしたの？　なにか、用事？」

どうして私なんかに、こんなに気さくに話しかけてくださるのだろう。

慌ててお辞儀をして、私は、先ほどの失礼を再度詫びた。

「いいんだよ、そんなこと。それよりちょっと嬉しかった」

ロジャー様は、にっこり笑った。

思い出した。この方は、平民の娘と付き合っているのだった。

きっと、誰にでも愛想がよくて、気さくなのだろう。そんなところが人気なのだろう。

私はちょっと硬い声になって、お願いを口にした。

「オースティン伯爵家の使いとして参りました。アンナお嬢様とのお茶会にご参加いただきたく……」

次の瞬間、愛想がよくて楽しそうな様子は、跡形もなく消え去った。

「アンナ様は、ご立派な令嬢でございます。ご婚約者様とのお茶会を、それはそれは楽しみにしていらっしゃいます」

正直、義姉なんか褒めようがない。ご立派なんて、出まかせだ。

「どうか、ぜひお越しくださいませ」

ロジャー様は答えなかった。

「君の用事はそれだけ？」

「……はい」

それ以外、なにがあるというのだろう。

しばらくロジャー様は黙っていた。

私も黙っていた。

ここで返事を強要するのはよろしくない。

ロジャー様からは、お茶会への出欠の返事がないと聞いた。つまりは渋っているのだろう。そして、渋る理由は色々ある。

ロジャー様は私が義姉にひっかかれたり、水をぶっかけられたりしている場面を見ている。

そのうえで、使用人にあんな真似をする令嬢と付き合いたくないと、はっきり言っている。

それでも、婚約を盾に義姉はお茶会へ来るよう強要しているのだ。

参加を渋りもするだろう。

「それは君の希望なの？」

ロジャー様は、意外なことを聞いた。

私の希望？

私は意表をつかれて、ロジャー様を見つめた。

誰も私の気持ちなんか問題にしていない。

私はお使い。今は使用人であって、ロジャー様たちのような貴族の人たちとは関係がない。私の気持ちは、どうでもいいこと。

私はそんな意味のことをロジャー様に伝えたと思う。

ドギマギして、思うようにしゃべれなかった。

ロジャー様は悲しそうに見えた。なぜ？　私、なにかマズイこと言ったかしら……

「アンナ嬢のお茶会に返事を出さなかったのは、それ相応の事情があってのことだ」

彼は言った。

それはそうだろう。

返事がなかったということは、そういう意味だ。つまり拒否だ。かなり失礼な拒否だけれど。

だけど、拒否だってことがわからなくて、使用人を使って、参加を要求するなんて、強引なうえ、貴族的なやりとりに不慣れなことをバラしているようなものだ。褒められた話ではない。

「わからないというなら、それはそれでいい」

ロジャー様の冷たい口ぶりに、私は、お父様とオースティン家の評判が気になってきた。義母と義姉はどうでもいいけど。

「それはそうとして、君はオースティン家のなんなの？」

ロジャー様は、突然、聞いてきた。

「どうして、あのアンナ嬢が、君みたいな使用人にしつこく絡むの？　よくわからない」

「そ、それは……」

私はうろたえた。我が家の事情をしゃべるわけにはいかない。半殺しの目にあう。いや、本当に殺されてしまうかもしれなかった。これまでのやり方を見ていると、私がまだ死んでいないのは、お父様が、多少なりとも私のことを気にしているからだ。でなければ、私の一人や二人、簡単に殺されているに違いない。

私はマジョリカの怪力を知っていた。人間離れしている。

「それは私の口からは言えません。どうぞお茶会にいらして、家の者にお聞きください」

私の話は終わった。

ぎごちなく私はお辞儀をした。

「では、これで……」

「ちょっと待ってよ」

「なんでございましょう？」

帰ろうとしたところをロジャー様に引き止められた。

私の心の中で、小さなウサギがはしゃいで、ピョンピョンし始めた。

「あの……なにか？」

日が落ちて暗くなってきた。ずっとこのままロジャー様のおそばにいたい……などという絶対だめな気持ちが湧いてくる。

いや、こんなところを人に見られたら、大問題だ。私は気が気じゃなかった。

でも、ロジャー様に止められてしまうと、動けない。

彼は腕組みをして、私を見ている。

「君の名前は？」

「え？」

「この前、倒れたとき、名前を教えてくれなかった」

「ルイズと申します」

この格好のときには名乗りたくないと思っていたのに、つい答えてしまった。

「家の名前は？」

ロジャー様がなんだか強く聞いた。

家名を言うわけにはいかない。義姉と義母から、口止めされているのだ。

「……家名はございません」

「え？　そんなことはないだろう？」

ロジャー様は納得できないといった様子だった。

「平民にも家名はある。僕に教えたくないのか？」

「両親がいないので、名前はないのです」

嘘ではないだろう。だって、母は死んでしまったし、父は私のことをそれほど気にかけていない。学費は払ってくれたけれど、それ以上のことはなにもなかった。

義母や義姉のところには、父からの手紙が何回も来ているようだったけれど、私宛には一度も来ない。

そう思うと涙が出てきた。

父は、義母たちが来る前は、それはそれは私を可愛がってくれていた。少し大きくなってからは、気恥ずかしいくらいだった。

なのに、今は……父は私のことなど、忘れてしまったかのようだ。

誰も私を気にかけてくれる人はいない。

自分が哀れに思えて、泣けてくるだなんて、本当にだらしない。泣いたって、なにも変わらないのに。

自分の部屋で泣くことはよくあった。だけど、人前で泣くだなんて、かっこ悪いだけだ。見ているほうだって嫌だろう。

「どうして泣くの？　僕に話せない？」

ロジャー様が、おずおずとおっしゃった。

この方は、お優しい方なのだ。きっと、誰にでも優しいのだろう。

こんな薄汚い格好のみじめな娘に声をかけてくださる。申し訳ない。

「申し訳ございません。……死んだ親のことを思い出したのです。それでは失礼いたします」

私は泣いてなんかいられない。自分の道は自分で切り拓く。でなければ生きていけない。

ロジャー様に慰《なぐさ》めていただく理由もなかった。

「待って！」

ロジャー様は声をかけたが、私はその場を立ち去ろうとした。

「離さないよ」

ロジャー様は追いかけてきて私の腕を掴む。

「どうして……？」

どうして、私の腕を掴むのですか？　どうして私なんかに構うのですか？

「どうしてって……エドワードには散々反対されたけど」

灰色の目が光った。

「だって、君の素顔を見てしまったのだもの」

「素顔……ですか？」

なんのことだろう。私は首をかしげた。

それを見て、ロジャー様は私のカツラとメガネを取った。

「やめてください！」

涙と真っ赤になった頬《ほお》なんか、見ないでください。

「ほら。この顔だった」

ロジャー様は私の顔を見つめた。

「覚えていないと思うけど。食堂で君が気を失ってしまったとき、僕は君を抱いて、椅子の上に寝かせた。椅子はエドワードが並べてくれた」

抱いて連れていってくれたのか。

「も、申し訳ございません！」

なんで気絶してしまったんだろう。惜しい。

お姫様抱っこだったかもと思うと、ものすごく惜しい。私の一生の宝物になったかもしれないのに！

イケメンのお姫様抱っこ……くっ……覚えていないだなんて返す返すも人生の損失！

「椅子に寝かせた……君が目を開けた。とても可愛かった」

「え……」

「あの……すごく可愛くて……」

ロジャー様が言葉に詰まる。

「泣いてる理由を教えてほしい。力になりたい」

私はロジャー様を見つめ続けた。

冗談ではないらしい。

「あの……僕は……この気持ちをなんて伝えたら」

私は無理矢理笑った。

「ご冗談を」

侯爵家の御曹司がなにを言い出すのだ。

私はいわば下女。本気で想われても、この先はない。

それ以前に、ロジャー様は義姉の婚約者。

「私はアンナ様とのお茶会をおすすめに来たのです」

すっと手が離れた。

「どうしたらいい」

ロジャー様が言った。

「エドワードには反対されたよ。婚約の再考は仕方ないし、親を説得すべきだと。親には伝えた。考えているようだ。だけど、君を想うことはダメだって、エドワードに言われた。この恋は秘密にしておくようにって。もちろん君に伝えてもいけないって」

ああ、本気だ。本気なんだ。バカなロジャー様。

「君は平民だ。でも、平民には見えない。アリシア嬢だって、そう簡単に平民の娘を自分の部屋に入れたりしないだろう」

私はちょっとびっくりした。便利だから使われているんだとばかり思っていた。

そう伝えると、ロジャー様は首を横に振った。

「違うよ。僕もエドワードも同じだ。君と話してて、なんの違和感もなかった」

「……違和感と言いますと？」

私は当惑した。

「君の仕草、話し方、話の中身、どれをとっても、そう、平民らしくない。どこかの貴族の、それも相当いい家の娘と変わらないんだ」

そんなことは考えたことがなかった。

「僕たちだって、どうして君にこんなに簡単に馴染《なじ》むのか、よく考えてみないとわからなかった。

君の常識は、僕らの常識そのものだ。同じところで笑うし、同じところで怒る。だから余計に、平民そのものの、あのアンナ嬢との結婚が嫌でたまらなくなったんだ」

思わずロジャー様に同情した。

同時に、自分では気づかなかった自分の貴族臭に驚く。

ロジャー様は、頭を掻きむしって、きれいな黒髪を乱した。

「わかっているんだ、いろんなこと。だけど、君に誘われたら、どうしようもない。会いたくなってしまった」

彼は、情けなさそうな顔をしていた。

「困るよね。こんな告白を聞かされても。人の気持ちとはままならぬものだ」

いいえ。私は嬉しかった。心の底から嬉しかった。

私はロジャー様が好き。好きなのだ。

彼と同じ。

吸い込まれるように、彼の目を見つめたくなってしまう。

そこになにがあるのか、知りたい。

でも、そんなことを言うわけにはいかなかった。ロジャー様が困るだけだ。

「君をどこかの、末端でもいいから貴族の家の養女にすれば結婚できるとか、妄想した。エドワードにはやめろと言われたが。もし、アンナ嬢との婚約がなければ、なんとかなったかもしれない。

でも、オースティン将軍の娘との婚約を破棄することは、僕の家にとって、それから僕の将来にとって、絶対にしてはいけないことなのだ」

「ロジャー様は、将来、武官になられるおつもりなのですか？」

ロジャー様は頷いた。

「魔法戦士にね。僕とエドワードが組めば、最強の戦士になれる。ここへ入学したときから、期待されてきた。そして戦いの最前線には、名将オースティン伯爵がいる」

心変わりして、私に冷たくなった父だけど、名将と言われると嬉しかった。

「魔法戦士として活躍するなら、オースティン将軍の下がベストなんだ。でも、娘に甘いと評判の将軍が僕を選んでくれたのに、その娘が気に入らないだなんて……」

私には彼の苦悩がよく理解できた。

義姉のアンナとの結婚は、彼みたいな身の上の者にとって、断ることなんか考えられないだろう。ましてや伯爵家は一人娘だと思われている。彼は三男だし、願ってもない良縁なのだ。

「それでも、好きな人を見つけてしまった。あなたを見つめ続けて、その振る舞いや笑顔、アリシア嬢とのやりとり、成績が一番で貼り出されたときは、誇らしくて胸がいっぱいで、同時に不安だった。誰かに取られはしまいかと」

「絶対にそれはありませんわ」

自信満々に私は答えた。カツラとビン底メガネが好きな男なんて、世界中探したって、一人しかいないわ。

「あなたの素顔を知っているのが僕一人だと思うと、ずっとこのままでいいと思った。僕だけがあなたを好きなんだ」

「あのとき、エドワード様も一緒だったではありませんか」

ロジャー様は首を横に振った。

「見てないよ。彼は先に走っていって、椅子を並べてくれて、それからアリシア嬢を呼びに行ってくれた。僕はあなたが目覚めるまで、二人きりで一緒にいた。目を開けたら、どんな顔なんだろうと思っていた。そしたら、あなたは気がついて、僕を見た」

まるで眠り姫みたいにロマンチック……かもしれない。でも、なんだかすごく恥ずかしい。

「でも、あのあと、火の魔法の教室でエドワード様と検査官の前でカツラを取ってしまわれましたわ」

ロジャー様は激しい口調で言った。

「君の顔を初めて見た男は僕だ！　こんな瞳には出会ったことがなかった。本当にきれいな澄んだ青……」

「ロジャー様！」

私は叫んだ。こんな話、聞いていられない。だって、私の心の大部分は、ロジャー様のところへ行ってしまえと言い出している。後先なんかどうでもいいって。私はダメになってしまう。なにか他の話……

「あなたは平民の娘と、恋仲《こいなか》と噂が……」

「あなたのことだ」

ロジャー様は容赦《ようしゃ》なかった。

「誰とも言わなかった。とてもきれいな青い目の娘だとだけ。だって、名前を教えてもらえなかったからね」

私のことなの？　私のことを、この人は好きだと言っていたの？　どうしよう。どうしたらいい。

「私の名前は、ご存じだったのでしょう？」

私は小さな声で尋ねた。アリシア様から聞いていないわけがない。

ロジャー様は恥ずかしそうに笑って答えた。

「ルイズとね。でも、あなたから聞きたかったんだ」

名前には、力がある。

その名前を呼んだとき、愛しい人なら喜びと嬉しさが、楽しい思い出と一緒に湧き出る。

「ルイズ、ルイズ。心の中で何回も呼んだよ。僕の呼びかけに返事してくれるあなたを想像した。でも、ダメなことはわかっていた」

現実は厳しい。

ロジャー様はバカではなかった。

だから彼は悲しんでいる。なにか方法はないかとグルグル回っている。いくら婚約を破棄したいからって、愛娘の悪口を、当の本人の父に告げるわけにはいかないだろう。

「誰に切られた？　その髪」

突然、ロジャー様の話の矛先が変わった。

「あのとき、カツラの意味がわかったよ」

ロジャー様が手を伸ばし、私の頭に触れた。

「きれいな金色の髪なのに。誰が切ったんだ」

ロジャー様は暗がりで私の髪をそっと撫《な》でた。まだ五センチちょっとしか伸びていない。ますますおかしな格好になっている。

私は答えなかった。

「まあ、わかっている。あのアンナ嬢だろう。女性の髪を切るだなんて、ひどい女だ」

髪を切ったのは義母なんですけど。

「あなたの家がどこなのか、アリシア嬢も正確には知らなかった。僕は、あなたが帰宅するとき、つけていった」

私はびっくり仰天してロジャー様の顔を見た。いつの間に。全然気がつかなかった。

「一人で暗いところを帰っていくだなんて感心しないな。まあ、カツラとメガネで妙な女に見えるだろうから、よかったけれど」

え……それでよかったの？

「あなたはオースティン家へ入っていった。じっと待っていたら、しばらくして、屋根裏部屋の一つに明かりが灯った。あなたの部屋なのだろう」

ロジャー様の本気を舐《な》めてはいけなかった。知らなかった。本気も本気、超本気だ。

「ちょっと、それくらいで……」

知りすぎるのもどうかと思う。だが、彼は止まらなかった。

「じっと待っていると、やがて灯が消えた。多分寝たのだろう」

ロジャー様大好きな私ですらちょっと引いた。

「エドワードにもこの話はしていない。よくないことだとわかっている。もうしない。だけど、帰り道には気をつけてくれ。僕はなにもできないんだ」

僕はなにもできない……ロジャー様は苦しげに言った。

そう、彼にも私にもなんの権利もない。

たとえ二人が本当に愛し合っていたとしても、なんの意味も持たない。

もし、身分だけの問題なら、クリアできる可能性はある。

私は伯爵家の娘だ。持参金だとか、父の支援などは難しいかもしれないが。

このときになってやっと私は、揉《も》めるのが面倒くさいからって、カツラを被《かぶ》ったまま学園に通い続けた自分にも問題があると気がついた。

私にはカツラとメガネなりに将来設計があった。

ジャキジャキに切られた頭髪を見たら、たいていの人間はドン引きだろう。

正気を疑われると思う。だからカツラを被《かぶ》っていた。でも、いつか髪が伸びたら、カツラを取りたいと思っていた。カツラとビン底メガネさえなければ普通の人間に見えると思う。

その頃には、学園は卒業しているだろう。

持参金もない、おかしな格好をしていた娘にロクな縁談など来るまい。結婚なんか無理だ。

でも、私は成績がよかったから、女官か侍女が十分務まると思っていた。

だけど、好きになった人の想いがわかった今、これで本当にいいのかと疑問が湧いた。

私の勇気不足がロジャー様と私を悩ませている。

今、ロジャー様を好きとは言えない。好きだと言えば、きっとロジャー様は喜ぶだろう。だけど、それはロジャー様を余計苦しめるだけ。だって、一緒になれないんだもの。こんなに好きなのに。人の思惑ばっかり気にして、自分の気持ちに正直にならないことって、正しいんだろうか。

それに……私にはできることがあるかもしれないのだ。

「お茶会は……参加されない意向だと、あの人たちにわかるように伝えます。そして、それがどういう意味なのかも」

私の口が、突然、思いがけないことをすらすらとしゃべり始めた。

「使用人を虐《いじ》めるような妻は、今後の結婚生活、家名に傷をつけるのではないかとロジャー様は不安に思われたのですね」

ロジャー様は驚いていた。

「そうだ」

「伝えましょう。改善されれば、婚約の継続もあり得るでしょうし、ダメなら婚約解消を求める理由になるでしょう」

「しかし、改善すると言われたらどうなるんだ」

「大丈夫です。改善なんかされっこありませんから」

私は言い切った。

ロジャー様を義姉から救おう。

私と一緒にならなくたって、少なくとも義姉と一緒になるよりマシな未来があるはずだ。

簡単なことだ。

私が、義母と義姉が激怒するような行動を取ればいいのだ。

彼女たちのことなら知り抜いている。

簡単に手を出す下品な人たちだ。激怒するポイントも知っている。これまで、事を荒立てずにきたけれど。

今日からは、義母と義姉の悪行の数々を表沙汰にしていこう。

彼女たちはきっと我慢できなくて、正体をさらす。私への暴力という形で。私は怒った義母と義姉とマジョリカに、散々殴《なぐ》られるかもしれない。

けれど、私が殴《なぐ》られて、ひどい格好で学園に行けば、私が話さなくてもみんなに、少なくともロジャー様には誰の仕業かわかるだろう。

そんな暴力令嬢との結婚はきっとなくなるわ。

危険ではある。だけど、うまく行くかもしれない。

今の私には、アリシア様や、エドワード様、ロジャー様がいる。きっと友人としてお願い事ができると思う。

もしかしたらその行動で、不当に取り上げられた私の未来を少しでも取り戻せるかもしれない。

殴《なぐ》られるのが怖いからって、やれることをしないのは、卑怯者だ。

オースティン家の恥部をさらしたと、非難されるかもしれないけど。

あなたが勇気を与えてくれた。

大丈夫。私は力は弱いけど、できることはある。

「ロジャー様」

私はロジャー様に向かって、微笑んだ。

「私、頑張りますわ」

「え？　なにを？　ねえ、待って、ルイズ」

私はカツラとメガネを取り返すと、バラの庭園にロジャー様を残して、走って家に帰った。

彼と一緒の未来がなくてもいい。大好きなロジャー様を助けられるかもしれないんだったら、やることは一つだ。

私は義母と義姉、マジョリカに、ロジャー様との交渉の結果報告をおこなった。

「返事を出さなかったのは、そういう意味だと言われました」

「そういう意味？」

三人は揃って首をひねった。

「イエスなのかノーなのか、わからないわ」

「ええと、要するにノーだそうです」

三人が一斉に掴みかかってきたので、私は椅子の背に必死で隠れながら弁明した。

「私にも理由はわかりませんでした！　なので、聞きました」

「なんだっていうの？　こんなに可愛らしいうえに、性格もおとなしくて愛らしくて、ロジャー様一筋なのよ？」

誰の話かと思ったら、義姉のことか！

義母とマジョリカは、至って真面目だった。冗談ではないらしい。

色々と納得のいかない人物評だけれど、そんな余計なことは世界の平和のために言わずにおいた。あと、自分の身の安全のために。

「奥様、伯爵様にお知らせしましょう。スチュアート家のご子息は身の程をわきまえぬひどいお方だと。いやしくも武官を目指す者が、将軍の娘を拒否するとは！」

マジョリカが大声で言った。だが、義母はどうしてか黙り込んだ。ロジャー様の将来を勝手にマジョリカごときに潰されてしまっては困るので、私は慌てて口を挟んだ。

「先日、ロジャー様は、アンナ様が私の腕を掴んだところを目撃なさいまして！」

「その話は、もう済んだんじゃなかったの？　お前がちゃんとロジャー様に、お前はどんな体罰を与えられても仕方のない悪人なんだって、説明することになってたわよね？」

そんな目にあってもいい悪人って、どんな人なんだろう。

「そうよ。それで、ロジャー様の誤解が解けて、私に好意を抱くようになるはずでしょう？」

義姉は目を輝かせて聞いてきたが、なるか！　そんなことで。わけがわからないわ！　相変わらず。

「それなのに、お茶会を断るだなんて、どういう意味かわからないから、もう一度、お前にチャンスを与えたのですよ？」

義母がおっかぶせるように詰め寄ってきた。

ええと、義姉と義母とマジョリカは理屈がめちゃくちゃだ。私に言いつければ、なんでも叶うとでも？

「説明は致しました。そして、ロジャー様はお茶会参加に条件を出されたのです」

「どんな？」

三人が一斉に食いついてきた。

「使用人に暴力を振るわないこと」

「なぜ？」

なぜと聞くか？

「侯爵家では、使用人に体罰を与えてはいけないそうです」

私は真面目に言い聞かせた。

「学園の授業にも出てきますでしょう？」

これを機に、実力行使はやめていただきたい。

「あんなのきれいごとよ。教師の言うことなんて聞くことないわ」

義姉は歯牙にもかけぬといった調子で答えた。

成績が悪い理由がわかった気がした。人の話を真面目に聞かないんだ。

嫌だわ。ここまで自由奔放な返事を聞くと、心配になってきた。まさかと思うけど、進級できないのでは？

同じ学年になったらどうしよう。

「ところが、スチュアート家では、使用人に体罰は与えない方針だそうでして」

「「「まああ！」」」

三人が声を揃えた。

この反応には頭が痛くなった。

「じゃあ、どうやって使用人に躾《しつけ》をするの？」

本気で不思議そうに義姉が聞いた。

「言い聞かせていると思います」

あんた方が来る前のうちだって、そうだったじゃないの。

執事のセバスはマジョリカが椅子を投げつけたあげくクビになったし、回し蹴りをかまされた庭師のジョジフと弟子のハリーは翌日には、いなくなっていた。

優秀なハウスキーパーのフェアファックス夫人は、あんた方の食器の使いっぷりに苦言を呈したら辞めさせられた。

相次ぐ使用人の退職に癇癪《かんしゃく》を起こした義姉が、高価なカップを投げ、なぜかマジョリカの額に命中し、これを目撃したメイドは肝を冷やして全員辞めてしまった。

残ったのは、行くところがない私と、別棟に住む御者と厩番《うまやばん》、私が間に入ることで義母たちと顔を合わせない約束をした料理番だけ。

庭は荒れ放題になったし、新しく雇われた田舎者のメイドたちはなにをどうしたらいいかわからない。家の中は、めちゃくちゃになった。

執事がいなくなったので、家の帳簿だのなんだのは、結局私が見ている。掃除《そうじ》より帳簿のほうが大事だ。今は、家の書類関係は、全部、私の屋根裏部屋に置いてある。

幸い、領地にいる家令は、義母たちと会う機会がなかったので、辞めずに残ってくれた。私は屋敷の管理だけでたくさんである。領地の管理はもっと大変だ。

それに義母と義姉は本当の贅沢を知らない。

どこの有名店に行っても彼女たちは、相手にされなかった。伯爵家の夫人と令嬢だなんて思われなかったのである。ああいう店は人を見るのだ。

だから、本当に高い物は買えなかった。

騙《だま》されて安物を高くつかまされそうになったときは、今はいない執事の名前で店に質問状を送った。伯爵家の執事から質問状が届くと、たいていの店は妥当な値段まで下げてきた。値段のわかる執事を騙《だま》しきることはできないし、他家にバレると色々マズイからだ。買うなと言ったら激怒するだろうが、値段が半額以下になるので、義姉と義母は喜んでいた。

従って、ある意味ちょろかったが、気にいらないことがあるとすぐに暴力を振るうことだけは閉口した。

「それが、お茶会に来られない理由なの？　使用人に暴力を振るうってことが？」

義姉は信じられないといった様子で尋ねた。

「使用人を殴《なぐ》られては、家名に傷がつく。未来の侯爵夫人として恥ずかしい。そのようなおこないがなければ、婚約を継続する方向で考え直されるそうです」

考え直すとは、誰も言っていない。ちなみにロジャー様は三男なので侯爵夫人にもならない。だから、まあ、嘘だけど、義姉たちは絶対に暴力を振るい続けると思う。それにわりと抜けているので、どこかからバレると思う。

「なぜ、使用人に暴力を振るうと、家名に傷がつくのだろう？」

マジョリカは本気で不思議そうで、私は返事に困ったが、その質問には義姉が返事した。

「教科書には、一応そう書いてあるのよ。未来の侯爵夫人！　きっと、みんな陰で殴《なぐ》っているのよ。バレなかったらいいんだわ。この子を殴《なぐ》ったときに、他に見てた人がいたからいけなかったのね」

誰か義姉に、ロジャー様と結婚しても侯爵夫人にはならないと教えてくれないかしら。

「なるほどねえ。アンナのことを嫌っているわけではなかったのね」

お義母様、今の話のどこからそのような解釈が？

「でも、なんだ、そんなことか」

義姉は安心したらしかった。

「じゃあ、さっそくロジャー様にそう言ってくるわ。もう殴《なぐ》ったりしないって。そういえば結婚できるのね」

「まあ、ロジャー様が信じてくださればですが……」

私は用心深く答えた。

もう殴《なぐ》らない宣言は、大勢が聞いているところのほうがいいという義姉の判断で、ロジャー様を含め三年生が大勢いる教室で、盛大になされたそうだ。私の調査結果報告の二日後のことだった。

「すごいわよね」

アリシア様が、あとで、噂を聞いて教えてくださった。

「まるで、これまでさんざん使用人に体罰を与えてきましたと言わんばかりよ」

事実なだけに、うちの家名が心配になってきた。

体罰を与える貴族がいることは知っている。義姉の「あんなのきれいごとよ」発言は、ある意味間違っていない。

だけど、公衆の面前で、しかも令嬢が「やってました」宣言しちゃいけないのだ。

「ですから婚約は継続してくださいますよねって、言っていたそうよ。それから、破棄するなら、オースティン将軍に言いつけると脅したんですって」

求婚は男性からと相場が決まっている。女性からそんなことを言うものではない。それに、オースティン将軍の名前を出して脅しつけるとは、どういう了見《りょうけん》だ。

今度は父の名誉が気になってきた。

「アリシアお嬢様……大丈夫なんでしょうか、そんなことを言って」

アリシア様は、栗色の豊かな髪を振って、うーんと言った。

「ダメだと思うわ。そもそも、彼女、食事のマナーがダメで有名なのよ。ほら、昼食は食堂で、殿方とも一緒になるでしょう？」

思い出した。義姉は食べ方が汚い。

「侯爵家が嫌がるかもしれないわ」

「そうですわよね」

「あなたはきれいなのにねえ？　あの家の使用人なのでしょう？」

「エドワード様はなんておっしゃっているのですか？」

私は使用人問題には答えずに、逆に質問した。

「あ、そうそう。エドワードからあなたにメモを預かっているの。おかしいわね、あの人たち、あなたに親切よね。私もなんだけど。自分でもおかしいと思うわ」

あれだな。貴族臭というやつだ。

いくら身なりが汚くても、同類だとわかるらしい。この頃、同級生たちも、私のことをルイズ嬢とかあなたとか呼び始めている。以前はルイズと呼び捨てだったのに。

私は、いつの間にか、成績優秀な平民から、訳アリのどこかの貧乏貴族の娘に勝手に昇格していた。

「エドワード様はなんて書いてきているの？」

私は読み上げた。

『ルイズ嬢へ。髪を伸ばす方法を魔法学のリンカン先生に聞いてみてはどうか』

「リンカン先生？」

誰だろう。

六　育《はぐく》み伸ばす魔法力

その日の夕方、私はエドワード様の勧めに従って聖堂を訪ねた。

エドワード様は親切で考えてくださったらしい。カツラがないほうがいいのではないか、そのためには髪を伸ばさなくてはいけないだろうと。

「みんな、本当に親切だわ」

リンカン先生は、聖堂で魔法力検査をしてくれた先生だった。

「元は戦士だった方よ」

アリシア様が教えてくださった。

「でも、大丈夫？　気難しいって評判なのよ。男子生徒の監督をしているの」

ちょっと不安。でも、行ってみなくちゃいけない。

これは、やらなくてはいけないことだと思う。

生徒が先生を訪ねるのは別におかしなことじゃない。すぐにリンカン先生の部屋を教えてもらえた。聖堂の中は静まり返っていて、自分の心臓の音が聞こえてきそう。

リンカン先生の部屋をおそるおそるノックすると、不愛想な声で「誰だ？　入れ」と短い答えが返ってきた。

部屋に入って希望を伝えると、リンカン先生は、気に入らない様子で私の顔を見た。

「なにぃ？　髪を伸ばしたい？」

そんな大それた希望じゃないと思うんだけど。

まあ、難易度は高いと思う。だけど、お金持ちになりたいとか、勇者になりたいとか、聖女になりたいわけじゃないので。

私はこわごわ先生の顔を見た。

不愛想な先生で、聖堂に勤務している者にふさわしく、帽子と長衣を着ていた。元戦士だからか、よく見ると顔に傷があった。

「……私もずいぶん探したものだが、毛根が枯れ果てた者は無理だぞ？」

先生はそう言うと、被《かぶ》っていた帽子を脱いだ。

聖職者がよく被《かぶ》っているような帽子で、被《かぶ》っていてもまったく気にならなかったのだけど……

頭は、見事につるっぱげだった。

見てしまった瞬間、失敗したことに気がついた。

しまった。マズイ。絶対、気にしてる。リンカン先生こそ、毛の生える魔法が必要な人だったんだわ。

「これはダメだ」

先生は自分の頭を指して言った。

もうこの際、私もカツラを脱いでみせた。

先生は私の頭を見ると、息を呑んだ。

「この間も見たが……改めて見ると本当にひどいな。誰がやったんだ。これは犯罪レベルだ」

「誰がやったかはとにかく、髪を伸ばしたいのです」

先生は一気に同情的になって、後ろの戸棚からなにかの帳簿を取り出した。

「毛の生える魔法力の持ち主、毛の生える魔法力の持ち主……むずかしいな。これまでも要望は多かったのだが……」

「先生、毛を生やすのではなくて、伸ばす魔法力の持ち主でお願いします」

叱られることを覚悟のうえで、私は口を挟んだ。

私の毛は生えている。問題は長さだ。先生とは違う。毛を伸ばすほうの要望は、多くないと思う。

先生は短気らしく、私の顔をギロッと睨《にら》んだが、次の瞬間、なにか思いついたらしくニヤッと笑った。

「ああ、そうか。伸ばすほうだな。そういう魔法力の持ち主ならいるぞ。最近会ったばかりだ。この学園にいる」

「えっ？　誰ですか？」

私は叫んだ。髪を伸ばしてほしいと頼んだら、お金を請求されるかもしれない。でも、髪を伸ばさないと普通の娘になれない。この姿では、誰にも受け入れられない。

「ルイズ・オースティンという娘だ。知ってるだろう」

「え？」

先生は大っぴらにニカリと笑った。

「言ったよな。育《はぐく》み伸ばす力だと。使用範囲が難しい魔法力だが、髪だって伸びると思う」

「そんな……」

それって、私の力じゃない！　知っていれば、私は……

いや、よく考えたら、知っていても、私はなにもしなかったかもしれない。

髪を伸ばせば、家に住む三人の怒りを買って学園をやめさせられてしまうかもしれない。

変人と呼ばれようと、身なりで損をしようと、学園に行くことのほうが大事だったのだ。だが、今は違う。なんとか自分の未来を取り戻したい。

「髪よ！　伸びろ！」

私は大声で言った。

先生がゲラゲラ笑い出した。

「そんな簡単に伸びないよ。ちゃんと授業に出ているのかい？　使用範囲の難しい魔法だって、今、言ったでしょ？　まずは図書館に行って髪の伸びる呪文を探すんだ」

「そんなもの、あるんですか？」

「わからない。だけど、探さなくちゃ始まらないだろ？」

先生は説明してくれた。

「魔法力があっても使い方を勉強しないと思うような成果は出ない。呪文があるかどうかも、探さないとわからない」

私はアリシア様の鉱石を見極める魔法を思い出した。

見極めそのものはできるけれど、なんの鉱石で、現在どう使っているのかなどは、最初に勉強しなくてはいけない。

「まあ、毛が生える魔法のほうは研究者も多いけど、伸ばすほうの研究者は少ないんじゃないかな。毛が生えている人は、普通はなにもしなくても自然に伸びるわけだからね」

なんとなく、毛が生えなくなってしまった者の悲哀を感じさせる口調で先生は言った。


聖堂から戻ってきた私が毛を伸ばせる可能性があることを伝えると、アリシア様とエドワード様、ロジャー様は、一緒になって呪文を探してくださることになった。

「これでルイズもカツラを脱げるわ」

四人で図書館に集合した。呪文の本のコーナーは空《す》いているので、私たち以外は誰もいない。

「みんなで、手分けして探せば早いわ」

アリシア様が、積み上げられた本の間から、ニコッと笑って言った。

切実な問題だけど、呪文を一緒に探すのは楽しかった。

義姉と義母の反応を考えると、カツラを脱ぐのは簡単にはいかないと思ったが、悩んでいても仕方ない。

カツラなんか取ると決めたのだ。

でも、自邸だけでも最初は被《かぶ》っておいたほうがいいような気がする。

同じ学園に行っている義姉には、いずれバレるだろうけど。

そんなことを考えながら髪を伸ばす方法を探すが、なかなかそんなマイナーな呪文は見つからなかった。

術者が少ないのと、ニーズがないからだろう。

「毛がなければ、生えてほしいと思うでしょうけど、生えてさえいれば、いずれ伸びますからね。特に必要な魔法じゃないもの」

アリシア様が、リンカン先生と同じことを言う。

「ルイズのために探していると思うと嬉しいよ」

ロジャー様がそう言うと、エドワード様が肘《ひじ》でロジャー様を小突《こづ》いた。

アリシア様がちょっと真剣な表情に戻った。

「髪を伸ばして、カツラを被《かぶ》らないほうがいいというのは、私もそう思うわ。でも、ロジャー様の恋人にはなれないのよ」

「今は友達として探している」

ロジャー様は短く答えた。エドワード様が言い足した。

「ルイズ、君は僕たちの友達だ。虐《いじ》められていることを思うと、手伝わずにはいられない」

二人ともロジャー様の気持ちは知っているのだ。アリシア様はおそらくエドワード様から聞いたのだろう。

そして道ならぬ恋だと考えている。本当は私とロジャー様は一緒にいてはいけないんだ。だけど、友達だから。友達という抜け道で一緒にいられるようにしてくれているのだ。

「そうよ。ルイズ。あなたは、平民でも変な格好でも、友達よ」

いつでも率直なアリシア様も言った。

ロジャー様だけはなにも言わなかった。彼は望みを捨てていないのだろう。

私は涙が出てきた。

家では義母と義姉に下女のように扱われ、大切にしてくれた父は、私のことを気にかけなくなった。

妙な格好のため、学園に入った当初は誰からも敬遠されていた。

でも、今は友達だと言ってくれる人がいる。一緒に呪文を探してくれる。

心の中が温かくなった気がした。

ロジャー様を見ていられるだけでもよかった。

呪文はなかなか見つからなかったけど、この四人の時間が続くことを、こっそり祈ってしまった。


そうして一週間たった頃、私はリンカン先生から呼び出しを受けた。

あの不愛想な先生が、私になんの用事だろう。

呪文が見つかったのかなと、私はちょっぴり恐れた。

そうしたら、もう、ロジャー様と会う口実はなくなってしまう。

部屋に行くと、先生はいつもの席に陣取っていた。

だが、今日は不機嫌そうというより、ちょっと不安そうな面持ちだった。

「ルイズ、実は、私は君に嘘を教えていたことに気がついたんだ」

「はい？」

「嘘というより、間違いだな。いやー、申し訳ない。図書館で呪文を探せだなんて言っちゃって。あとで気がついたんだ。そういえば、どこかで育《はぐく》む魔法について読んだことがあるなあって」

「え？」

「ごめんね、ここに書いてあった」

そう言うと、先生は大事そうに一冊の古い本を取り出した。

「私は毛の生える魔法については、こう見えても研究を重ねていてね。大概の本は収集してきた。ただ、毛を伸ばすほうはあまり研究したことがなくて。なにしろ、毛根がないんでね。私の研究とは少々毛色が違うので、自信がなくて図書館で探せなんて言ってしまったんだけど……」

先生はどう見ても、研究を重ねていそうに見えますが。

そして私は、アリシア様とエドワード様、ロジャー様に、申し訳ない気持ちでいっぱいになった。

三人に無駄な時間を使わせたことになる。

「そもそも呪文じゃなかった。それで、お願いなんだけど……」

先生は帽子をするりと脱ぐと、自分の頭を指して言った。

「撫《な》でてみて」

「え、いやです」

先生の頭なんか触りたくない。

「毛が生えますように！　って言って、撫でてください！　お願いします！」

「それ、呪文なんですか？」

「伸びてほしい相手の部分に実際に触れて、心を込めて唱えれば、魔法力が伝わるらしい。呪文じゃないけど、お願い！」

私は目をつぶった。

「声に出して！　心を込めて！　一声入魂！」

なんなの？　これ。

それに先生の頭の毛に魂を込めろ！　って、なんだか嫌……魂がかわいそう。

「け、毛が生えますように！」

私は先生の頭に手を触れながら叫んだ。なんか、いやー。先生の生頭、あったかいし。

パッと目を開けると、恐ろしいことに、ツルピカだった先生の頭がなにかフワフワしたものに覆われてきた。

「すみません、ルイズさん、もう一声！」

「毛が生えますように！」

仕方ない。私はもう一度叫んだ。

フワフワしたものは色付いてきて、茶色っぽくなってきた。

「もうちょっとお願いします！　ルイズ様！」

「毛が生えますように！」

叫ぶのがこんなに疲れるだなんて思ったことなかった。

先生に懇願されるまま、人気《ひとけ》のない聖堂で私は「毛が生えますように！」と何度も叫んだ。セリフがなんだか嫌。私はヘトヘトになり、先生はフサフサになった。

「あー、そうだった。昔はこんな感じだったよ。でも、今は白髪がまざってる。でも、それも渋くていいな！」

先生は鏡に向かい、頭を眺めた。前はあんなところにこんなに大きな鏡はなかったと断言できる。よほど嬉しかったのか、先生は鏡に向かって頬《ほお》を緩めてフッと笑顔を作り、それを見た私はゲンナリした。

「ごめんよ。昨夜、これを見ていて気がついたんだ。呪文じゃなかった。『育《はぐく》む力は、念を込めて、そして対象物に直接触れることで、力が数倍まで高まる』。このとおり」

手にした本のページを指し示してそう言うと、先生はキラッキラした笑顔を向けてきた。

普段は、このうえなく愛想が悪く、生徒がなにかまずい事件でも起こすんじゃないかと疑っているような表情なのに。

「先生、若返りましたね」

私は思わずつぶやいた。

「そうだろ！」

先生は叫んで頭を撫でたが、そっちじゃない。

そんなにニコニコ笑って、目をキラキラさせてたら、毛なんかどうだっていい。

先生は、すぐに私が床の上でヘタっていることに気づいた。

「ああ、申し訳ない！　ルイズ嬢」

ルイズ嬢？

「すごい力だ。私だって、こんなにフサフサになれるなんて期待していなかった。もしかして、苔《こけ》でも生えてくれたらと思ってたんだけど、君は本当にすごいね。ものすごい魔法力だ」

先生は興奮しているらしく、早口で私を絶賛した。

なんだか、褒められてもちっとも嬉しくないんだけど。

「疲れたろう。とはいえ倒れず、座り込むだけで済むだなんて、君の魔法力はすごいよ。自信を持っていい」

「じゃあ、私の髪も……」

「もちろん、伸びる。でも、今日はやめたほうがいい」

先生は、妙にきっぱり言った。

「なぜっ？」

「魔法力の使いすぎ」

「えっ？」

「だめです。毛根から生やしてくれてありがとう。こんなことができるなんて、すごい魔法力の持ち主だ。でも、ここに書いてある」

先生が指した本には、読みにくい手書きで、育てる魔法について色々書いてあった。

『慈《いつく》しみ育てる魔法力は、応用の効く希少な魔法。実物に触れれば百倍の、触れずとも相応の効果がある。結果を明確に念じて初めて効果あり。結果が現状と離れるほど術者に負担を強いる。適宜《てきぎ》休養を挟むべし』

「ね？　毛根もない頭をフサフサにするのには、きっと力がすごく必要だったと思う」

私の魔法力で、なんで先生の毛を生やさなくちゃいけなかったのだろう。しかもそこまで一挙にフサフサに？

そっちより、自分の髪の毛を優先させたい。私の切実な思いだった。

それから私は頭を巡《めぐ》らした。

この話が広まったら、私は、頭がつるピカの老年貴族に取り囲まれてしまうかもしれない。

「先生、また禿《は》げ上がったらどうするんですか？」

「えっ？」

先生は目を私に向けたまま、思わずといった様子で大事な毛を押さえた。

「今日は魔法で強制的に生やしましたけど、元々、先生の頭に毛を生やす力はない。いつかは、また禿《は》げます」

「なんて不吉な予言……そうかもしれん。でも、君がいれば、別に恐るるに足らない……」

先生の口を塞ぐ必要がある。この魔法力はぜひとも黙っていてほしいものだわ。

「私の魔法力には、限界があります。十人も二十人も毛を生やしたら、それだけの魔法力を消費して、私は干上がってしまいます」

「そ、それは……確かに」

「頭がつるっぱげの高位貴族が大勢押し寄せたらどうなります？　黙っていてくれないと、私は困ったことになります。力を使い果たして、先生の毛を、二度と生やすことができなくなってしまうかも」

先生はやっと危機に気がついたらしい。目を大きくしてつぶやいた。

「それは困る。それは……」

「それと、これだけの魔法力を利用したならお金を払ってください。私は貧乏なんです。お昼代にも困っています」

「え？」

今度の「え？」は、本気の「え？」だった。

「そうか。特待生か。平民だったな。忘れていた。いやー、平民とは思えない膨大な魔法量だ」

実は私は立派な貴族の家の娘なんだけど。それから特待生でもないんだけど。でも、わざわざ言う必要はない。カツラとメガネ、それに貧しい身なりの効果は抜群で、先生は私が伯爵令嬢だなんて全く考えていなかった。

今後とも毛を生やしたままでいたい先生から、平民特待生な私はしっかりお金をむしりとり、なにがあっても黙っている約束を取り付けた。

「大事な髪の毛のためだからな。死んでも黙っているよ」

この先、毛生え魔法の持ち主だとかハゲ治療の専門家だとか呼ばれるのは、絶対、嫌だもの。

私はヘロヘロで家に帰ってきたが、今日はやめておけという先生の忠告は断固無視した。私の髪が最優先よ。

私は、屋根裏部屋で、自分の頭に手を当てて、念じた。

「毛が伸びますように！」

不思議な感覚、なんだか、頭がもぞもぞする。

おそるおそる鏡を見た。

なんと！　十センチくらいの長さになっている。

見た目は不揃いでおかしかったが、いける！　ほんとに伸びるんだ！　嘘みたい。

リンカン先生の毛を育成したとき、手から元気を吸い取られる感覚があったし、先生の頭の感触が、フワフワになったりモニョモニョになったりで、どうも気持ちが悪かったけど、あれはすごく自信につながった。

「やればできる！」

そう。やればできる。

やらないと、できない。

私は屋根裏の天井に向かって叫んだ。

今回はたまたま髪の毛だったけど、可能性は広がった。

「やったわ……」

涙があふれてきた。

疲れるので、そんなに簡単に毛を伸ばすことはできない。

だけど、肩より十センチくらい長くなれば、髪は結える。

義姉と義母とマジョリカのことは、相変わらずとても怖かったけど、髪さえ伸びれば、カツラとメガネを外して、私はただの平民の娘になれるのだ！

そして、あんな変な格好さえしないで済めば、ロジャー様との未来にも、ほんのわずかな希望が見えてくるかもしれない。

三日後、私は思い切ってカツラを取った。三日かけて、どうにか髪を伸ばしたのだ。

七　カツラを取る

「あの人、誰？」

教室に入った途端、こそこそと声がする。

私の髪は薄い金色。目は青。これまで学園の誰も見た人はいない。ロジャー様以外。

まあ、リンカン先生とエドワード様はちらりと見たことがあるが。

「おはようございます」

いつもと同じように、柔らかな調子で、私は、皆様に声をかけた。

「………」

みんな、黙ってしまった。誰だろうという表情が浮かんでいる。

ここまでわかってもらえないのは、なんだかショックだった。服は同じなのに。

アリシア様にも挨拶したが、怪しむように、ためつすがめつ私を念入りに眺め、尋ねた。

「ごめんなさい。お知り合いでしたかしら？」

「あの……この古着に見覚え、ございません？」

私はアリシア様の侍女のお古を着ていたのだ。

彼女の目が、ものすごく大きく見開かれた。

そして、おそるおそる尋ねた。

「ル、ルイズ？」

「アリシア様っ、ルイズでございます！」

私はアリシア様に抱きつかんばかりになる。

だって、みんな遠巻きにして、すごく不審そうなのですもの！　話しかけても、ホホホとか言って逃げていくのですもの！

ルイズでございますと、ちゃんと名乗ったあとも、みんな、信じられないらしい。どうして？

「あの、どうして、みんなあんな反応なのでしょう？」

アリシア様は、なんとも言えない、あきらめたような笑いを口元に浮かべた。

「思ってたのと違いすぎるのよ」

「え？」

「そうなの。平民の娘だし、なんとなくだけど、器量がいいとは思っていなかった。でも、違った」

私はほっとして微笑んだ。

「それは慣れの問題でございましょう。私の中身は変わらないのですから」

アリシア様は、ちょっと賛成しかねるような微笑みを浮かべた。

「中身が変わらなくても……本当に思っていたような顔ではないのよ。みんな、平民の使用人らしい顔立ちを予想していたと思うの。まるで、そんな顔ではないのですもの」

「ど、どんな顔なのでしょうか？」

自分の顔立ちについて、深く考えたことがなかった。たとえば、他人にどんな印象を与えるのかとか。

アリシア様は長いこと考えて、こう言った。

「大事にされてきた顔なのよ、とても。侍女仕事をして、安っぽく自分を扱ってきたけど、誰にも教えられない品のよさが出ている顔なのよ。ずっとなんの苦労もなかったかのような」

「褒めてくださっているのですか？」

私、そんなものとは無縁の生活を送ってきたのですけれど。

散々、苦労してきましたわ、ここ二年ほどですけれど。

アリシア様は苦笑した。

「本当にそうよね。だって、服にも困っているのに」

「そうですわ！　アリシア様が恵んでくださらなかったら、着るものにだって不自由しているのですから！　私」

「まあ、中身が変わったわけではないから、きっとみんなすぐに元どおりになると思うわ」

だが、アリシア様は、付け加えた。

「でも、はっきり言ってしまえば、器量がよくないだろうという予想をものすごく裏切ったのね。あなたは、とてもきれいな顔立ちなのよ。二度見するような顔なの。うーん、なにか騒ぎになる予感がするわ」

アリシア様のおっしゃったとおり、確かにみんな一度顔を覚え直すと、以前と同様に親しくしてくれた。

私も以前同様ちょっとした用事をしたり、お使いをしたりしてお金をいただいたりした。

ただ、なにかの折に、ハッと顔を二度見されることは、どうしてもあったけれど。

私は、自邸ではまだカツラとメガネを取っていなかった。

カツラとメガネを取ることは言いつけに背くことだ。

マジョリカの怪力を忘れたわけではない。

でも、自邸でカツラとメガネを取る前に、今のこの顔と髪を、学園の生徒に覚えてもらいたいのだ。

私がケガをしたり、毛を刈られたときは、学園の生徒たちが証人だ。以前は、そんな姿でなかったと。

だが、女子生徒は顔を覚え直してもらってそれで済んだけれど、男子生徒はそうもいかなかった。

ある日の帰り道、校門を出ようとしたところで、三年生の大柄な男子生徒三人くらいに声をかけられた。

「そこの平民の娘！」

びっくりして振り返ると、いきなり腕を取られた。

にんまりと笑ったその顔はとても恐ろしく見えた。

「可愛い子だな。ちょっと付き合わないか？」

「なにに？　なににですか？」

なんの話だかわからなかったが、とっても怖かった。

「なにをとぼけて。わかってるだろう」

私の腕を掴んだ三年生の生徒は、クツクツ笑いながら言った。

「こんないい話はないぞ。俺たちは、貴族なんだ。平民じゃない。立派なものさ。家にはメイドがいて、執事がいる。料理番がいて黙っていても、三食作ってくれる。贅沢し放題だ。俺たちに可愛がられるだなんて光栄だぞ？　だから、大人しく言うとおりにするんだ」

そんなもの、うちにもいるわ！　贅沢とは呼ばないわ！　義母がクビにしちゃったけど。

「放してください！」

「お、抵抗する気か？　こんな小さいのに？　逆に可愛いな。俺たちは貴族だ。貧乏平民が逆らえるとでも思ってるのか」

大柄でよく太ったその三年生は、ニタリと涎《よだれ》が垂れそうな笑顔を向けてきた。

顔が引きつる。どうしたらいいのかわからない。悲鳴を上げたらいいの？

「ルイズ！　どうしたの？」

学園に女子生徒の知り合いが大勢いてよかった。遠くからめざとく私を見つけた人が、大声で呼びかけてくれた。

彼女はアリシア様のお仲間で、子爵家の令嬢だった。一瞬で、状況を悟ったらしい。

「あなた方はなにをしているの？」

彼女が強い目で見ると、その男子生徒たちは逃げていった。男子生徒たちは、自分たちは貴族だと威張《いば》っていたが、大した家でないのは明らかだった。子爵令嬢に証人になられては、困ったことになるのだろう。

「ダメね」

彼女は、私をしっかり捕まえると心配そうな目をして言った。

「以前はカツラとメガネがあった。誰もこんなことをしなかったけど、あなたがとても可愛いものだから、平民だと侮《あなど》って、好きにできると勘違いしたのかもしれないわ」

とても怖かった。こんなことが起きるとは思っていなかった。

私はふるふる震えていた。

この話は、アリシア様、エドワード様を通じてロジャー様の耳にも入ったらしい。

ものすごく怒っているのを、なんとか意志の力でねじ伏せているような顔つきのロジャー様が出現した。

なんだか怖いので、その顔はやめてほしい。

「帰りは必ず送るよ」

岩が居座っているかのような、重みのある、断固とした口調だった。

「ダメですわ！」

私は叫んだ。

「カツラとメガネを被《かぶ》って帰ります。ロジャー様には婚約者がおられます。こんな平民の娘を送っていったりしてはいけません」

「ダメだ。生徒はみんな、あなたの顔を覚えてしまった。男子生徒の間では噂になっている」

ロジャー様は、硬い表情で言った。

「平民の娘なんか、普通は皆相手にしない。手を出そうものなら食いつかれることがわかっている」

「食いつかれる？」

「あなたにはわからないだろう。正式な妻にならなくてもいい——そんな考えで来ている平民の娘もいる。でも、あなたはきれいすぎるんだ」

きれい……

ロジャー様に言われて、私は混乱してしまった。

「きれい？」

「ああ！」

ロジャー様は不機嫌そうに断言すると、前にも言ったことがあるセリフを、もどかしそうに、もう一度言った。

「なにもできないんだ、僕は！」

その言葉が、本当にそのとおりなのだと思い知らされる出来事が起きてしまった。

とある噂が、あっという間に広がったのだ。

以前からその噂は一部で囁かれていた。だけど今、噂は信憑性《しんぴょうせい》を伴ってすごい速さで広がっている。

可愛らしい、庇護欲をそそる平民の娘にロジャー様が夢中になっていると。

そして、数人の男子生徒も彼女の魅力に取り憑《つ》かれていると。

ロジャー様は女子生徒に人気があった。整った目鼻立ちに加え、不世出《ふせいしゅつ》の火の魔法の使い手だ。

この噂が流れたとき、きれいなだけの平民の娘が、彼をたぶらかしたに違いないと思う令嬢が多かった。

「ロジャー様が夢中になっている平民の娘は、金髪と青い目の小柄な娘なのですって」

アリシア様は私の顔を見ながら言った。

「ロジャー様は人気だから、ちょっと何かを言っただけでも、その言葉は広がってしまうのよ。でも、これまではこの噂に当てはまる人物がいなかった。だから、噂は下火になって、みんな忘れていたわ。だけど今、猛烈に怪しい人物が現れたのよ」

つまり、それは……

「あなたのことよ。あなたが金髪で青い目だということは学園中に知れ渡った。もう、矛盾点は一つもないわ」

筋金入りの平民だしね、とアリシア様はため息をついた。

（う、うれしい）

ロジャー様が夢中だなんて！　そのお相手が自分かもしれないと想像するだけで有頂天になった。

「ちょっと、ルイズ。喜んでいるみたいだけど、そんな場合じゃありませんからね？」

アリシア様の声の調子が厳しくなった。

「いいこと？　ロジャー様には立派な伯爵家令嬢の婚約者がおられます」

「はい」

義姉のことだ。立派かどうかはともかくとして。

「で、気に入らないからと、平民の可愛い娘と浮気をしました」

「アリシア様！　そういう言い方をすると、なんだかまるでロジャー様と付き合っているみたいに聞こえますけど、全然そんな関係ではありませんから」

そう訴えると、アリシア様はうるさそうに手を振った。

「わかっています。でもね、そんなふうに聞くと、誰でも、婚約者の味方になりたくなると思うわ」

「……私もそう思います」

私は降参した。そしてアリシア様の前でうちしひがれた。つまり、私はあざとい平民の娘役……いやだああ。品行方正に生きて、どこかの侍女になる将来設計が狂ってしまうわ。

アリシア様は容赦《ようしゃ》なく言った。

「なにが困るって、あなたを知らない女子生徒の中には、婚約者を蔑《ないがし》ろにする不埒《ふらち》な平民の娘だと言う者がいることよ」

私は青ざめた。

「正式な婚約者であるアンナ様がいるのにもかかわらず、婚約者のロジャー様に媚《こ》びを売る、顔だけ可愛らしい平民の娘の登場ね」

「アリシア様……」

「嫉妬で怒り狂ったアンナ様は、あざとい平民の娘にひどい虐《いじ》めをするの」

なにかどこかで聞いたような？　しかも、なにか事実とかぶるような……いや、真実なの？これ。

「カツラを取った途端に、ものすごく辻褄《つじつま》があってしまったのよね」

アリシア様がため息をついた。本当はアンナの虐《いじ》めが先で、浮気（？）発覚があとなので、時系列が前後しているけど、事実関係だけはバッチリ合ってしまっている。義母と義姉が聞いたらどうなることやら。

「よく事情を知らない貴族の娘たちの中には、正義感に燃えている者もいるわ」

「それはまた、余計なお世話な正義感……」

私は頭を抱えた。

もっとも義姉のアンナの応援団は、本人と会ったら二分で崩壊すると思うけど。

冷静になって考えてみれば、こんなおかしな話はなかった。

私は本来れっきとした伯爵家の娘。義母たちがお金を出してくれないばっかりに、古着を着て、小間使いの真似をし、平民と侮《あなど》られて、馬鹿な男子生徒に迫られている。

そんなある日、義憤に駆られる、強く正しい令嬢たちの襲来を受ける事件が本当に起きてしまった。

その日、私は、食堂から一人で次の教室へ移動するところだった。

次は魔法学の授業だったので、周りに知っている生徒は誰もいなかった。

魔法学の授業は、名前から受けるイメージと違い、実学で、とても地味な科目なので取る人が少ない。

アリシア様だって、鉱石判定力という立派な魔法力をお持ちだけれど、鍛錬《たんれん》がめんどくさいのと貴族令嬢にふさわしい仕事ではないからと、魔法学の授業は取っていらっしゃらない。

義姉も受けていなかったが、悪意力なんて科目はないので、あれは論外だ。

「ちょっと、ルイズとかいう名前の平民、そこに座りなさい」

私は、突然現れた数人の令嬢に驚いた。

みんな、武装していた。令嬢の武器といえば鉄扇《てっせん》。全員、手に手に鉄扇《てっせん》を持っていて、扇をバチバチいわせていた。威嚇《いかく》？

「なんのお話でしょうか？」

私はビビった。

「座れと言っているのよ！」

だが、周りにはベンチも椅子もない。

彼女たちが指さした場所は、地面だった。

「平民のくせに、椅子とかベンチとかおこがましいのよ！」

不満が顔に出ていたのか、怒られてしまった。

仕方がないので、地面に座った。

「なんのご用件でしょうか」

「わかっていないわね。あなた、貴族社会では、婚約は契約なの」

「はい。存じております」

「お黙り。平民の軽々しい口約束とは違うのよ」

もう一人がピシャリと言う。

「それをあなたは、なんてことをするのかしら。あのロジャー様の正式な婚約者を差し置いて、ロジャー様と親しくしているそうではありませんか！」

一人が口火を切ると、彼女たちは次々に私を罵《ののし》り始めた。

「身の程知らず！」

「厚かましい礼儀知らず！」

「婚約者のいる男性に近づくんじゃないわよ。これだから平民は……」

「この娘のほうから、ロジャー様に迫ったに違いないわ！」

「金輪際《こんりんざい》、ロジャー様に近づくんじゃないわよ」

「玉の輿狙いのバカな女。妾《めかけ》になるのがオチよ。ロジャー様は侯爵家の御曹司なのよ？」

「知らないでしょうから、教えて差し上げるわ。平民なんか絶対に侯爵家の方と結婚できません。

少なくとも爵位のある家の娘でないとね」

「なんとか言ったらどうなの？」

ようやく一人が、私に話を振ってくれたので、口を開くことができた。

「スチュアート様です」

「「「は？」」」

「ロジャー様などと名前呼びはいけません。家名でお呼びください」

「なんですって！　私たちに指図するつもりなの？」

彼女たちはキーキー言い出した。

「スチュアート様はあなた方の婚約者でもありません」

ご令嬢たちは顔を真っ赤にして怒り出した。

「あんたの婚約者じゃないって、言ってるのっ。なに聞いてたのよ」

「あなた方はアンナ様のお友達なのですか？」

全員が押し黙った。なんで黙るのだろう。

「この話を聞かれたら、アンナ様はお喜びになられると思いますけれど……」

返事はなかった。私は全員の顔を眺めた。

「アボット卿のご令嬢エレン様、バーンズ準男爵の従姉妹にあたられるジェラルディン・マックスウィン様、ベーコン準男爵の姪御様のカスリン様と、あとお一人は存じ上げませんが……」

名前を呼ぶと、四人はなんとなく顔色が悪くなった。

「ご令嬢がお妾《めかけ》などと言ってはなりません。品がなくなります。結婚については、先日、貴族結婚令が公布されましたので、爵位を持つ方の結婚には国王陛下の許可が必要になりました。法の改正についておっしゃっているのなら、それは存じております。侯爵家ですと、なんらかの爵位のある方のご令嬢でなければ国王陛下の許可が出にくいのではないかというお考えには、同意いたします」

なんとか言ったらどうなのよと促《うなが》されたので、つい、すらすらとしゃべってしまったが、ご令嬢たちは黙り込んだ。

どうやらこの人たちは、義姉とは関係なく、ロジャー様のファンらしい。

それに全員、残念ながら、侯爵家ご子息のロジャー様との婚姻要件を満たしていない。

「まあ、抜け道は色々ありますが」とか「養女になればよろしいのよ」とか教えてあげればいいのだけれど、あんたがやるつもりでしょう！　と言われると面倒だから黙っていた。

そもそも、ロジャー様は三男なので、相手が金持ちなら陛下もスルーされるんじゃないかしら。

「そ、そんなこと！」

一人がようやく口を開いた。

「とうの昔に知ってたわ！　あんたに教えてもらう話じゃない！」

この人たち、法律の中身はよく知らなかったみたい。

「アンナ様は伯爵家の令嬢です。まったく問題ありません」

「アンナ嬢のことなんか誰も心配してないわ！」

私はキラリと目を光らせて言った。

「オースティン伯爵令嬢とお呼びください」

彼女は黙った。

「家名でお呼びくださいまし。失礼にあたります。それから、オースティン伯爵令嬢が心配でないなら、あなた方はどうしてここに来られたのですか？」

誰もなにも答えなかった。

私は彼女たちを見回すと、ゆっくりと立ち上がった。

思いのほか、礼儀正しい人たちだった。

うちの義姉、オースティン伯爵令嬢が彼女たちの立場だったら、問答無用で乱闘になっている。

「お話がそれだけでしたら、失礼させていただきます」

私はそのまま授業を受けて、放課後になってからアリシア様に会って、この話をした。

「もう遅いし、今日は私の部屋に泊まりなさいよ。万が一彼女たちに襲われたら大変じゃない」

話を聞いたアリシア様は、心配そうに言った。

「もう、あなたときたら、騒ぎを起こす天才ね。泊めていいか、寮母の先生に相談してみるわ」

アリシア様はなかなかの心配症だ。彼女たちの武器は鉄扇《てっせん》だけだったし、どうもあの手付きだと大したことなさそう。持っていたのがマジョリカだったら本気で危険だけど。

だが、アリシア様が掛け合いに行く前に、寮母の先生のほうからやってきた。

「ベドフォード嬢、寮の面談室に来てください」

先生は相当緊張した顔だった。なにがあったのかしら？

「アリシア・ベドフォード嬢にお会いしたいと、オースティン伯爵がお越しになっています」

「えッ？」

オースティン伯爵……父の名前だ。

「オースティン将軍が私になんの用事なのかしら？」

アリシア様が不安そうにつぶやいた。

「一体、なぜお越しになったのでございましょう？」

私は緊張してアリシア様に囁いた。一国の将軍が、学園の寮に入っている他家の令嬢に用事だなんて考えられない。

「全然わからない。でも、私は行きたくないわ」

アリシア様は囁き返した。

「あのアンナ様のお父様なのよ？　つまり、私の父の上司なの。もし失礼があったら、父に顔向けできないわ」

「お父様に連絡したほうがいいのでしょうか？」

「話の内容がわからないのに、お父様に心配をかけるわけにはいかないわ。それに父は今、王都にいないのよ。連絡の取りようがないわ」

「では、お母様に？」

「わからないわ」

アリシア様は不安そうだった。

「では、私はこっそり侍女のふりをしてドアの外に待機しています。なにかあったらお呼びください」

「早くしてください」

アリシア様はいいとも悪いとも返事できなかった。寮母の先生がイライラして、急ぐように促《うなが》したからだ。

私たちは階下《かいか》の面談室に向かった。

普段、男性は、女子寮への立ち入りは禁止されていた。当たり前だ。父親や兄弟さえも禁止されていて、どうしても会いたい場合のために面談室が用意されている。

オースティン伯爵……私の父は、どうやって面識のない他家の娘との面談までこぎつけたのだろう。

将軍特権を使ったに違いない。

私は、父のことを思い出した。

義母が来てからというもの、人が変わったように私に関心を示さなくなった父。それまではあんなに可愛がってくれていたのに。

「ベドフォード嬢をお連れしました」

寮母の先生が声をかけ、アリシア様は部屋の中に入った。私はドアを細く開けたまま、中を覗《のぞ》くことにした。

どう思ったのかわからないが、先生は侍女然と控えている私になにも言わなかった。

「おお、あなたがベドフォード伯爵の令嬢ですか。こんなところまで押しかけてきて本当に申し訳ない。どうぞかけてください」

父の声だった。なつかしい。なつかしい声だ。父は私のことを捨ててしまったけれど。

「……失礼します」

私はドアをもう少し開けた。父の顔が見えるように。

「ベドフォード嬢、あなたの婚約者は、ロジャー・スチュアートの親友であるエドワード・アーディントンだったと思うのだが」

父の厳しい顔になんだか不安になった。本当に、どうして、こんなところに来ているのだろう。

「はい……？　そうでございますが？」

「それで、あなたにこんなことをお聞きするのは、大変心苦しいのだけれど、どうしてロジャー殿はうちの娘との婚約を拒否するのかな？」

直撃弾だった。

アリシア様は目に見えて狼狽《ろうばい》した。

まさか、義姉の悪口を言うわけにもいくまい。

「すまない。ベドフォード伯爵とは懇意にしている。あなたなら知っているだろうと彼が言うのでね」

きっと、アリシア様は心の中で自分の父を呪ったに違いない。

こんな困った立場にアリシア様を陥《おとしい》れるだなんて。

「私も娘とはここ二年くらい会えていなくて。ずっと手紙を送り続けているんだが、父親を疎《うと》ましく思う年頃らしい。返事ももらえなくて困っている。今回は戦線をベドフォードに頼んで、娘の顔を見に王都に来たんだ」

「え？」

私はつぶやいた。

「私にとっては可愛い一人娘なのだ。もし、どうしてもロジャー殿が嫌だと言うなら、婚約解消も考えている。嫌われているのなら、娘が不幸になるだけだ」

「……お嬢様思いなのですね」

アリシア様がぽつりと言った。

「もう、可愛くて仕方ないのだよ」

父が苦笑いしているのが見えた。

「自分でも親バカだと思っている。娘の不幸せは望まない」

あのアンナ様を……とアリシア様は思ったに違いない。

「ロジャー殿に無理強いはしない。ただ、どうしても不思議なのだ。あなたの目から見て、ロジャー殿は本当に結婚を望んでいないように見えるのだろうか？」

「………」

まったく望んでいない。だが、簡単にそう返答できるわけがない。

「正直にお願いしたい」

「父か母と話をしてから、返答させていただいてもよろしいでしょうか」

父の顔がぐっと歪《ゆが》んだ。つまり、回答がわかったのだ。

父の部下の娘のアリシア様が即答しない——つまり父の喜ぶ返事ではないという意味だ。

アリシア様は本当のことを言っていいのかどうか、両親に相談したいのだ。

「よろしい。わかった」

父は感情を抑えて言った。

「スチュアート家には、婚約解消を受け入れると返事する」

「オースティン将軍！」

アリシア様は叫んだ。

「わたくし、まだお返事しておりません」

「うん。では、別なことを聞くから、そちらの返事はしてくれ。ルイズの成績は散々だと聞いているのだが、本当か？」

「アンナ様のことでございますよね？　アンナ様とは同じ学年ですが、成績について、特になにか聞いたことはございません。学園にお問い合わせになってみてはいかがでしょうか」

アリシア様が戸惑って聞いた。

「アンナ？　誰のことだね？　いや、うちの娘はルイズだ。アリシア嬢より一つ年下だよ。金髪で青い目の可愛い娘だ。妻に似ている。ロジャーがダメなら、別な婚約者を探してやらねばなるまい」

お父様！

私は中に飛び込もうとしたが、父は突然違うドアから忙しない様子で入ってきた若い男から話しかけられ、急いで腰を上げた。

「すまないね、アリシア嬢。あなたはなにも悪くない。むしろ、悪いのは見る目のないロジャー殿だな。仕方ない。ルイズとロジャー殿の婚約は白紙に戻す。では、私はこれで失礼しなくてはいけなくなった。今日はどうもありがとう」

答えにくい質問から解放されてアリシア様はほっとしたようだが、それどころではない。私は、夢中でドアを開けて中に入った。

だが、ちょうどその瞬間、父は部屋から出ていき、若い男がドアを閉めた。

「お父様っ！」

私は追いかけようとする。

「ルイズ、どうしたの？」

アリシア様が戸惑ったように聞いてきた。

「どこへ行くの？　この先は行ってはダメよ」

私は、父と使いの男性が出ていったドアを力いっぱい開けた。

大きな音がして、父と男性がびっくりして振り返る。

父が私を見た。

「お父様！」

「ルイズ！」

父は驚いて大声で叫んだ。

「ルイズ！　こんなところでなにをしているのだ？」

父は破顔した。

「ああ、ルイズ！　会いたかったよ。どうして家で会ってくれなかった？」

「お父様！　会えて嬉しい」

私は父に抱きついた。

「なんだ、お前は！　私に会いたくないと散々ごねていたそうじゃないか……」

父は小言を言いながらも、その顔は思いっきり笑っていた。

「ああ、ルイズ。久しぶりだ。なんて可愛い、うちの娘……」

「お父様！　会いたかった」

父はガバリと私を抱き締めた。

「ああ、ルイズ……久しぶりだ」

「オースティン将軍……」

父を呼びに来た男は当惑した様子だった。急ぎの用があることは明らかだった。

「残念だが、もう行かないと」

「手紙を出しますから！」

「楽しみにしてるよ」

父は子どもにするみたいに、ほっぺたにキスして去っていった。

私は父を見送った。

以前と同じ父だった。全然変わってない。心の底からほっとした。よかった。

だが、後ろからアリシア様が迫ってきていた。

「どういうことなの？　ルイズ」

寮母の先生は私がアリシア様の部屋に泊まることを許してくれたが、アリシア様は私を許してくれなかった。当然だ。


アリシア様の部屋に戻った私は、アリシア様の前で正座していた。

「あなたはオースティン将軍のなんなの？」

アリシア様は相当緊張した顔になっていた。仕方ない。

今まで黙っていてごめんなさい。

「私は、オースティン伯爵の娘です」

「えええ？」

アリシア様は、かわいそうなくらい驚愕《きょうがく》していた。

「なんですってえええ！」

驚きますよね。伯爵家の娘が侍女の真似ごとなんか、あり得ませんものね。

彼女は大きく目を見開いて、私を見据えた。

私はいたずらが見つかったイヌよろしく視線を逸《そ》らす。結果として、アリシア様を騙《だま》していたような形になる。

「だって、それならどうして……」

私はここへ至る長い長い道のりを説明した。

戦線の変化で、父が国境の戦地へ呼ばれてしまったこと。同時に義母と義姉がやってきたこと。

使用人たちが、次々に辞めてしまったこと。

さらに、ロジャー様が激昂《げっこう》した、そしてロジャー様とのご縁ができた原因ともなった傷を、私はアリシア様に見せた。それはまだ治っておらず、結構な傷として残っていた。

「これは？」

痛々しいと言わんばかりの表情で、アリシア様が聞いた。

「アンナ様が爪で……」

「……聞けば聞くほど、アンナって女、ひどいわね」

「……そうですね」

「なぜ黙ってたのよ？　私だったらひっかき返して、父に手紙を書くわ」

「だって、屋敷に私の味方なんか一人もいませんでしたし、手紙を出すこともできませんでした」

「お父様だって、たまには帰ってきたでしょう？」

私は頭を指した。

「義母が父に、私は頭がおかしくなった、部屋に閉じこもっている、父に会いたくないとわがままを言っていると伝えていました。そして私が人前に出れないように頭の毛を刈ったうえに女中頭《じょちゅうがしら》のマジョリカに拘束されてましたし」

アリシア様は呆れたようだった。

「義母は、父はずっと隠し子のアンナ様を可愛がっていたのだと言いました。父はアンナ様を家に引き取りたかったが、母に止められてできなかったのだと。母が生きている間も、しょっちゅうアンナ様に会いに来ていたのだと言われました」

「あなたは、どう思ったのよ？　そんなこと、信じたの？」

私は首を横に振った。

「信じられませんでした。悲しくてずっと泣いていました。あの父に、母以外の女の人がいるだなんて、信じられませんでした。でも、実際に義母と義姉は、父に連れられて家にやってきたのです。だから本当のことなのです」

「それは……」

「父は、義母のことをオースティン夫人だと紹介しましたし、義母に家の采配《さいはい》を任せました。もちろん女主人だから当たり前です。でも、私には辛いことばかりでした」

言い出すと止まらなくなる。

私はずっと泣き続け、アリシア様は黙って、お茶を淹《い》れてくれたり、タオルを貸してくれたりした。その晩、私は泣き疲れてアリシア様のベッドで眠ってしまった。

翌日の朝、アリシア様は私に言った。

「ルイズ、これからどうするのよ？」

「アリシア様……」

最悪の目覚めだった。多分、目がすごいことになっているに違いない。

「様は止めて！　オースティン伯爵令嬢！」

私は黙った。

「父から聞いているわ。オースティン将軍の愛娘が、若い娘らしく父親を嫌がっていて、あの剛勇で鳴らした将軍が泣き暮らしてるって」

「多分、それ、うちの父です」

ここ二年ほどは父と会えなかったが、私が小さい頃は、うちの父はルイズに冷たくされたとか言って拗《す》ねて、ごねる人だった。なにかというと、膝に抱き上げたがるので、もう小さい子どもではないと怒ったことが何度もある。

アリシア様は私を睨《にら》んで言った。

「多分じゃなくて、間違いなくあなたのお父様です。私の父は、あなたのお父様の副官を務めていますから」

「あ、いつもうちの父がお世話になっております」

私は丁寧に頭を下げた。私もアリシア様にはお世話になりっぱなしだわ。親子でお世話になっているのね。

「それを言うなら、私の父がお世話になっているのよ！」

アリシア様が怒鳴った。

「どうするのよ？　この顛末《てんまつ》！」

「どうするとは？」

そんなに簡単に、今の家の状況を改善できるとは思えない。父が家に帰ってくるわけではないからだ。夕べも父は非常に忙しそうだった。多分、戦地の状況が落ち着くまで、家には帰れないのではないかと思う。

ただ、これからは父に自由に手紙を出せるようになるだろう。

これまでは義母が検閲《けんえつ》していたので、書きたいことも書けなかった。届いていない可能性もある。

夕べ、父もそんなことを言っていた。

今後は、アリシア様に頼めば、出してくださるだろう。

手紙で父の誤解を解くことができるし、今の境遇を訴えれば助けてもらえると思う。

「違う。そういうことじゃなくて！」

「なんでしょうか？」

私は首を傾げた。

「最後に言ってたでしょう！　ロジャー様との婚約を解消するって！」

「言ってました……けど？」

ラッキーだ。ロジャー様は義姉から自由になれる。きっと喜ぶわ。理解のある父でよかった。

「違うわよ！　その婚約者って、本当はあなたのことじゃないの？　ルイズ」

「え？」

「あなたのお父様は、ルイズ、あなたのことしか考えていなかったわ。婚約させた娘って、あなたのことよ。アンナって誰って、聞いていらしたではありませんか！」

「えっ？」

そうだったっけ？

あのときは、ドアの向こうに行ってしまった父を呼び戻そうと必死だった。

そして、昔どおりの変わっていない父に会えて、本当に嬉しかった。

それだけで精一杯だった。ロジャー様のことも伝えなければならなかったが、後日手紙で伝えれば、どうにかなると楽観視した。

アリシア様は、私のことをじっとりと睨《にら》んだ。

「あれほど悩んでいた問題はきれいに解決されたのよ。最初から、なんの問題もなかったんだわ。ロジャー様と婚約したのは、ルイズ、あなたで、二人は相思相愛よ。でも、夕べ、あなたのお父様は、スチュアート家からの婚約解消の申し出を了承するっておっしゃっていたわ！」

私は驚愕《きょうがく》してアリシア様を見つめた。

すっかり慌てていて、全然頭が回っていなかった。

「話はさらに拗《こじ》れた気がするわ」

「つまり、それは、私がロジャー様の婚約者……」

私は繰り返した。

ロジャー様の婚約者……

ロジャー様をお茶にお招きしたり、侯爵家のお茶会に呼ばれたり、それから……次の学園のダンスパーティでは、私がロジャー様のパートナーになって……

「妄想中、失礼しますけど、昨夜の話で、それ、全部なくなりましたから！」

アリシア様が割り込んだ。

「え？」

私は、妄想に水を差したアリシア様の顔を呆然と眺めた。

「ダメでしょう！　あなたのお父様、怒っていらしたではありませんか！」

あ、怒っていた。娘を大事にしないなら、婚約者を変更するって。

「え？」

あれ？

「めでたく婚約は解消されると思うわ」

アリシア様は宣言した。

ダメだ、そんなの。私は焦った。

「私、私、ロジャー様が好きなんです」

私は一世一代の告白をアリシア様に向かって訴えた。

アリシア様は、一瞬黙ったが、真っ赤になって怒鳴った。

「あのね、それ、知っています！　それから私に向かって言っても意味ないから！」

「……そうでした」

「それどころか、あなたに別の婚約者が決まっちゃうかもしれないわよ？」

「ええ？」

私は猛烈に焦った。

「ロジャー様がダメなら別の婚約者を探さないとって、あなたのお父様、おっしゃっていたじゃない。新しい婚約者が決められちゃったら、どうするの？　また、婚約解消をしなくちゃいけなくなるわ」

「わあああ」

私は外に飛び出そうとして、アリシア様に止められた。

「まず、目を冷やして！　ううん、その前に頭を冷やして！」

頭と目を十分に冷やした私は、いっそもう一度カツラとメガネを着けようかと悩んだ。

この姿はよろしくない。色々と影響が大きすぎる。

「先にお父様との誤解を解いてから、カツラとメガネを外したらよかったわねえ」

「なぜ？」

「そうしたら、新生オースティン伯爵令嬢として、すんなりみんなの頭に入ったじゃないの。変な男子生徒に襲われることも、嫉妬に駆られたロジャー様ファンクラブに襲撃されることもなかったわ」

そんなに世の中うまくいかない。

大体、父がいつ家に帰ってくるのか、私にはわからない。義母は徹底的に私を父に会わせようとしなかった。父の予定なんか絶対に教えてくれなかった。

「私、一度家に帰ります」

「そうね、お父様が帰っておられるかもしれないわ。きちんとお話ししないといけないわ」

自邸には義母と義姉とマジョリカがいる。

でも、私は覚悟を決めたのだ。

カツラもメガネもなしで戦うと。

父にも会えた。今朝ももしかすると家にいるかもしれない。ただ、夕べのあの様子だと、そのまま国境に戻っていった可能性のほうが高い。

「ちゃんと戦わないと……」

家に帰ろう。私は決意を固めた。

八　伯爵邸にて

自邸の裏口から、静かに中に入った。もし父がまだ王都にいるのなら、家にいるはずだ。できれば、義母や義姉よりも先に父に会いたい。

「帰ってきたわ！」

「捕まえるのよ！　早く！」

義母と義姉とマジョリカが、待っていましたと言わんばかりに駆け寄ってきた。

「ど、どうなさったのですか？　あの、私……」

私は恐怖に駆られた。カツラもメガネもしていないのだ。どんな仕打ちをされるか、覚悟の帰宅だった。

だが、彼女たちはなにもせず、意《い》気《き》揚々《ようよう》と私を父の書斎に連れていった。

なぜ得意げにしているのか、よくわからない。

父は家にいるのだろうか？

私を見たら父は大喜びするだけだ。

それは、義母と義姉にとっては都合が悪いのでは？

「なんて、ふしだらな娘なんだろう！」

書斎に入る直前、大声で義母が叫んだ。

「いつもこんなふうによそで泊まってくるのです。もう、幾晩も帰ってこなかったんですよ」

「そのとおりです。私たちは、夜遊びをやめるように散々諫《いさ》めたというのに！」

三人はドアを開けると、私を部屋の中に押し込んだ。

勢い余って、私は絨毯《じゅうたん》の上に転がってしまう。

「ルイズ！」

父が心配そうに走り寄ってきた。

「どこにいたんだい？　とっくの昔に帰っていると思っていたよ。昨夜遅く家に帰ったら、お前はいないというじゃないか」

「私は昨夜アリシア様のところにいました」

私は小さな声で父に言った。

「ですから夕べ、旦那様にルイズ様の居場所を言うわけにはいかなかったのです」

なんだか得意そうに、マジョリカが父に言った。

「娘のふしだらさがわかり、さぞ、お悲しみのことと存じます。ルイズ様が旦那様に会いたくないと言っているだけのほうがまだマシでしょう。ロジャー様から婚約破棄されるのも無理ないことでございます」

私はピクリとなった。

怒ったのではない。マジョリカのこの先を考えて、震えたのだ。マジョリカは父を知らないのだ。

父の猫可愛がりは度を超えている。どんな私でも、父は、私大好き人間だった。

その父の前で、私を貶《おとし》めるなんて……

どうやら、義母たちも、ロジャー様の婚約者はアンナではなく私だと認識しているらしい。

「ルイズのこの服はなんだ？」

そばに来た父は、私の服に初めて気がついたようだ。ものすごく驚いていた。

私はアリシア様からいただいたお下がりの侍女の服を着ていたのだ。

多分、昨夜は父も混乱していて、服までよく見ていなかったのだろう。

「侍女の着るような服だが、なぜそんな服を着ているのだ？」

父は義母のほうを見て、尋ねた。

「それは……」

義母は言葉に詰まったが、マジョリカが急いで割り込んだ。

「そんな服を着て、変装して出かけるのです。もう、ずっと前からです。下男や平民の男が好きなのです」

父は青筋を立てている。

父が黙っているので、マジョリカは調子に乗った。

「それで奥様は、ルイズ様を旦那様のお目にかけるまいと苦労されていたのです。夜遊びが好きで、侍女の格好までして、男漁《あさ》りをするような娘など、伯爵家の恥でございましょう。ロジャー様が嫌がられるのも無理ありません。それを思えば、こちらのアンナ様は上品です。いっそ、ロジャー様にアンナ様をおすすめされてはいかがでしょうか。いい案だと思います」

父は沈黙した。私はマジョリカの命運は尽きたと悟った。

父はちっとも変わっていない。そして、父のこの顔は、最大級に激怒しているときの顔だった。

多分、マジョリカは、父のこんな顔を見たことがないのだろう。

「ルイズの成績は最悪だと聞いたが」

しばらく黙ってから、父が重々しく口を開いた。

三人は目と目を交わした。

義母とマジョリカは私の成績を知らない。なぜなら、私が教えていないから。

子どもの成績は、親が学園に問い合わせれば、いつでも教えてくれる。

だが、義姉の成績を私と同程度と信じ込んでいるくらいだ。多分、問い合わせができることも知らないだろう。

学園に頼めば成績表ももらえる。「学園って、成績表もくれないなんて、不親切ねえ」とか言っていたから、まったくなにも知らないらしい。

学園に行っている以上、成績は就職や結婚の際、問題になることが多い。だから、普通の親は成績表を見たがるのだが、この人たちはそんなことを気にしている様子がなかった。

「ええ、正確なところは知りませんが、多分、かなり悪かったはずです。本人から聞いていませんが」

今度は義母がおずおずと言い出した。

「悪すぎて言えなかったのでしょう」

今度は義姉が余計な一言をぶっ込んだ。自爆するタイプだ。

「私はもらってきたよ。二人の成績表はここだ」

父がため息まじりに二枚の紙を取り出した。

「まあ」

義母が間抜けな声を上げた。

「成績表はもらえるものなのですか？」

「もらえるよ。本人も一枚持っているはずだ」

急に気がついた義母は、一生懸命巻き返しをはかった。

「まあ！　ルイズはどうして見せなかったの？　よほど成績が悪かったのね」

「見せろとおっしゃらなかったではありませんか」

私はボソリと言った。

父は青筋を立てていた。

「ルイズは学年で一番だったよ」

三人は一斉に顔を上げた。

怒っていたにもかかわらず、この成績表は相当父を喜ばせたらしかった。父の顔はほころんでいた。

「ルイズ、よくやったな。素晴らしい。学園には成績優秀な平民の子供も入学する。その子たちを差し置いて、学年一位とは見事なものだ」

「そんな……」

マジョリカは青ざめていた。

義姉は黙っていた。学内で成績は貼り出される。義姉が私の成績を知らないはずはない。

「ひどい成績なのは、アンナのほうだな。なんのために学園へ行かせてやったのか、わからん」

父は成績表をヒラヒラさせた。

「ほぼ全科目赤点だ。進級が難しい状態ですと言われたよ、オースティン夫人」

オースティン夫人？

わたしは驚いて父と義母の顔を見た。他人のような呼び方だわ？

「こんな成績では、嫁に行く際に支障が出るぞ、アンナ」

「勉強が嫌いな子どももいますわ。もし、勉学ができなくても、他に優れたところがあれば……」

義母は必死の形相で言い出した。

「どこか秀でたところがあるのかね？　魔法力とか？」

義母は返事に詰まった。魔法力はないと報告しているはずだ。さすがに悪意力ですとは言えなかったのだろう。

「ルイズだって、魔法力はないですわ！」

義姉が叫んだ。父が片眉を上げる。

「私は学園から出るとき、リンカン先生に会ったよ。私の元部下だ」

「リンカン先生？」

義姉がマヌケな声を上げた。

「魔法力の検査のときの先生ですわ」

私は義姉に注意した。まったくなんでも忘れるんだから。あ、でも、私も忘れていたっけ。

「そう。オースティン夫人、あなたはまた嘘を言ったな。リンカン先生は大層ご機嫌でな、ルイズ嬢には、火の魔法力と慈愛力があると言って、大層ルイズを褒めてくださった」

リンカン先生は、間違いなく、力一杯、私を褒めてくれたに違いない。

女子力は微妙な表現なので、慈愛力に変えたらしい。

「慈愛力？」

「見守り育てる力だそうだ。女の子らしくて非常によろしい」

父は満足そうに言った。

これを男女差別だと言ってはならない。父は、もし私に残虐力があったとしても、それはそれで褒める人なのだ。勇猛果敢とは素晴らしいとかなんとか。父の意味のわからない溺愛を舐《な》めてはいけない。

「でも、ロジャー様にはひどく嫌われておいでです。スチュアート侯爵家とのご縁をお考えなら、アンナと縁を結ばれるしかございますまい」

義母が言った。

それは本当だ。オースティン伯爵令嬢をロジャー様は嫌っている。でも、そのオースティン伯爵令嬢は私じゃなくて、アンナのことなんだけど。

「婚約は家同士のお付き合いですから、みだりやたらと解消するものではありませんわ。でも、ふしだらで嫌われているルイズとの結婚は難しいかと」

私はなんだか腹が立ってきた。夕べ父は私に会っている。女子寮にアリシア様といたことはわかっているはずだ。

「そうです。評判の悪いルイズ様との結婚をお嫌がりになられても仕方がないことです。なにしろ、こんな服まで、買い込んでくるような娘ですから」

マジョリカが言い出した。お金をまったくくれなかったのに、どうやって買ったというのかしら。

「ぜひ、ロジャー様のご意見をお聞きになってくださいまし。アンナ様ならきっとロジャー様もお気に召すことと存じます」

マジョリカは学園での噂を全然知らないから、そんなことが言えるんだ。

横を見ると、気まずそうに義姉はソワソワしている。

「一度、スチュアート家のロジャー様のご意見を直接聞いて……」

私は言った。ロジャー様はきっと、私を庇《かば》ってくださる。

「ダメよ！　ルイズ！　あなたみたいな出来の悪い、性格も悪い、ふしだらな娘のことなんか、誰も相手にしないわ！」

義母が叫び出した。

「黙れ！」

父が大きな音を立てて机を叩いた。

義母と義姉とマジョリカが、ビクッとなって、一斉に黙る。

「私の娘の悪口を言うことは許さん！　ロジャー殿なら呼んでいる。もう来る頃だ」

「ロジャー様が？」

義姉は嬉しそうに言ったが、義母は黙り込んだ。マジョリカは困った顔をしている。

「スチュアート様がおいでになりました」

私は取次に来た男性の顔を見て、びっくりした。

「セバス？」

セバスが目でニッコリした。義母がクビにした執事だ。

「呼び戻したよ」

父が疲れたように言った。

「私の不手際だ。オースティン夫人に一任したのは間違いだったよ」

「そんなこと、ございません。奥様は、家事全般からお子様の教育まで大変よくなさいました」

マジョリカが言い出した。

「無理をさせたのはわかっている」

ギロリとマジョリカを睨《にら》んで、蔑《さげす》むように父は言った。

「そんな能力はないのに、能力以上のことをさせたという意味だ。だが、勝手をしていいと言ったつもりはない」

「失礼します」

セバスの案内のすぐあと、ずっと聞きたくてたまらなかった涼しい声が響いた。

父は、私たちに隣の部屋に行くよう命じた。

「ロジャー殿も大勢の前では話しにくいだろう。お前たちはそこから聞いていなさい」

セバスが心得たと言わんばかりに隣室のドアを開け、私たちはその部屋に入った。

ここなら、ロジャー様を心ゆくまで堪能できる。

「お邪魔します」

書斎へ入ってきたロジャー様は素敵だった。

すらりと高い身長と、均整の取れた体つき、顔をキリリと見せる黒髪と灰色の目が印象的だ。相変わらず素敵。

義姉も、義母も、ロジャー様に目を向けていた。

負けないわよ、と私は心の中で誓った。

なんのために、マジョリカに殴《なぐ》られる危険を冒してまで、カツラとメガネをとったのか。

「さて、ロジャー殿」

父が口火を切った。

「お呼び立てして申し訳ない」

「いえ、とんでもございません」

ロジャー様はソフトな感じで応対してきた。

「スチュアート家と合意のうえ、あなたを当家の婿《むこ》としてお迎えしたいと考えていたのだが……」

父は深いため息をついた。

「聞くところによると、あなたは別の女性を好ましく思っているとのことで……」

ロジャー様はまっすぐに父を見た。

「オースティン将軍の配下として将来働くことが私の望みでございます」

「うん。それは婚約とは関係ない。君は不世出《ふせいしゅつ》の火焔魔法の使い手だと聞いている。我が隊に是非欲しいと思っている」

「名将と名高いオースティン将軍の下で活躍することができれば、私個人だけでなくスチュアート家の誇りとなることでしょう」

「それはこちらとしても望むところだ。ただ、今日私が急ぎ戻ってきたのは、スチュアート家から、婚約の再考を匂わせる手紙を受けとったからなのだ。あなたの忌憚《きたん》のない意見を聞きたい。無理に婿《むこ》になってもらうつもりはないのだ。それは、あなただけではなくて、私の娘も不幸になるからだ」

ロジャー様は黙っていた。他家の娘の悪口を言うわけにはいかないだろう。

「――私が、先々のことまで考えすぎるのがよろしくないのかと」

しばらく黙ったのち、絞り出してきた答えがそれだった。

ロジャー様って、先々のことを綿密に考えてから行動するタイプではないと思う。

この前、食堂でエドワード様と二人で、火柱食堂爆破事件を起こしたとき、私はつくづく思った。

せめて場所を選べよと。

「そうなのか……」

「少々、緻密《ちみつ》すぎると申しますか、先の見通しを深く考えすぎるきらいがありまして」

隣の部屋に待機しながら、私は笑いで震えてきた。

これを真に受けて、将来、父がロジャー様を参謀かなにかの仕事に据えたら、大惨事が起きる。

「大丈夫でございますよ、お嬢様」

背中から、聞き慣れた優しい声がした。

「フェアファックス夫人！」

サッと振り向いた私は驚きで叫びそうになったが、なんとか小さい声で囁いた。

間違いない。ハウスキーパーだったフェアファックス夫人だ。

義母がやってきてから辞めてしまった、忠実で有能な女性。

「お三人様とご一緒だと、不安でございましょう。私もここにおります」

義母とマジョリカは、殺しそうな勢いでフェアファックス夫人を睨《にら》んでいた。

だが、夫人はケロリとしている。

「旦那様がお戻りになりましたから、私どもも戻って参ったのですよ。庭師のジョジフもハリーも一緒です」

私が震えていたのは、ロジャー様の言い訳がおかしいからで、義母と義姉、それにマジョリカと一緒だったせいではない。でも、私を案じる人の登場に、私の目からは勝手に涙が出てきた。

この家で、私はずっとずっと不安だった。

たった一人で、味方もいなくて孤独だった。

でも、セバスとフェアファックス夫人が戻ってきてくれた。親切な庭師の老ジョジフと若くてちょっと間の抜けているハリーもだ。

「フェアファックス夫人、私は……」

言葉は涙に呑まれて続かなかった。

「大丈夫ですよ。まあ、見ていましょう。お嬢様にはきっといいお婿《むこ》様をお父様がお選びになってくださいます」

「なに、言ってるのよ。このトンマ女。ロジャー様は私を選ぶのよ」

義姉が横から割り込んだ。私はため息をつき、フェアファックス夫人は義姉をまるっと無視した。


「私は別に怒らない。だから、正直に気に入らなかった点を一つだけ教えてくれないか？」

ロジャー様はしばし黙ったあと、本当に渋々と言った様子で、言葉を選んで話し始めた。

「婚約が決まってすぐに、私はオースティン嬢をこっそり見に行きました。親友のエドワードが、オースティン嬢と同学年のベドフォード伯爵令嬢と婚約していたので、エドワードを通じてどの女性なのか教えてもらいました」

横の三人が目に見えて焦り始めた。

「そうしたら、オースティン嬢がたまたま使用人を叱っているところに出くわしまして。大変、間の悪いときに会ってしまったと、今では残念に思っているのですが、ええと、オースティン嬢は大変しっかりした方でした」

「うむ」

超が付くほど親バカの父は、褒め言葉には敏感に反応した。

「それで、まあ、私のように至らない人間だと、とても、その、追いつけないというか……」

父は深く頷いて同意した。

「なるほど。成績も学年一位だしな」

父は思い出したように自慢した。

「学年一位？」

ロジャー様が不思議そうに聞き返した。

「知らんのか、君は」

父は見下げたと言わんばかりに、ロジャー様に向かって言った。

「うちのルイズは学年一位だった。可愛いだけでなく、成績もいいのだ。君には合わないようだがね」

父が嫌味を飛ばした。

「はい？　オースティン嬢は成績優良者の一覧には載っていませんでしたが？」

ロジャー様が指摘する。純粋に疑問だったのだろう。

「なに？　なんだ、その一覧というのは？」

父が食いついた。お父様、今問題なのはそっちじゃないと思うの。

「え？　あの、学年ごとに成績上位の者は、学園内に名前が貼り出されるのです」

「そうなのか」

父が食い気味に尋ねた。

「今でも貼ってあるのかな？」

「え？　まあ、そうですね。次の試験まで貼ってあります」

話がどんどん逸《そ》れていく。

「学園に行けば、見られるのかね？」

「はい。もちろん」

「では、ちょっと時間をとって拝見するかな。スチュアート君、娘のルイズとの婚約解消、おめでとう。ルイズは優しすぎるところがあると思っていたが、使用人をしっかり叱ることもできるのか。確かに君には過ぎた妻かもしれん」


「このままじゃダメだわ！」

横で荒い息が言った。

「婚約破棄されてしまう！　ダメよ、お父様！」

義姉のアンナだった。義母とマジョリカが必死でアンナを止めている。

「ダメよ。せっかく褒めてくださっているのよ。私さえ構わないって言えば、婚約は継続されるわ。

ロジャー様は謙遜《けんそん》されてるだけなんだから。追いつけないと思っていらっしゃるだなんて知らなかったわ」

いや、この流れ、絶対違う。大体、名前が違っている。ルイズって言ってますけど？　そもそもさっき家族で話しているときも、ロジャー様の婚約者は義姉ではなく私ということになっていたのでは？

「止めないで、お母様！　侯爵夫人になるチャンスなのよ？」

義姉はマジョリカの手を振り切り、書斎に乗り込んだ。

「やめなさい、アンナ！」

義母が絶叫したが、義姉は止まらなかった。

「ロジャー様！」

彼女は叫んだ。

「私、ロジャー様が好きです！　そんなことをお考えになっていただなんて、今まで知りませんでした！」

私たちは全員、フェアファックス夫人まで、恥も外聞もなにもなく、ドアを大開きのままにして一斉に書斎を覗《のぞ》き込んだ。

ドアをガン開きしたのは義姉である。責任は我々にはない。それにもうロジャー様から丸見えだ。隠れている意味はない。もっともロジャー様は突然闖入《ちんにゅう》してきたアンナに度肝を抜かれて、私たちには気がついていないようだが。

この続きは見ないといけない。

ゴクリ。義母とマジョリカと私とフェアファックス夫人は、書斎劇場に集中した。

ロジャー様は……ものすごく、心底嫌そうな顔になった。

父は……仰天して、そして珍獣を見るかのような目つきで義姉を見ていた。

「ロジャー様、私のことをもったいないなどとおっしゃってくださって、心から感謝いたします」

義姉の顔は輝いていた。

「でも、もったいなくなんかございません。私はロジャー様と結婚したい。侯爵夫人になりたいのです！」

ロジャー様の顔は曇っていた。

あまり関係も意味もなさそうなので一度も本人に言ったことはなかったが、ロジャー様は三男である。侯爵位は長男が継ぐ。ロジャー様と結婚しても、侯爵夫人にはなれない。

さすがにここまで勘違いしたままだと、気になってきた。

もっとも、この修羅場ではツッコミどころが多すぎて説明の優先順位は低い。しかし、ロジャー様はなんらかの説明責任を感じたらしい。

「いや、僕と結婚しても侯爵夫人にはなれないから」

ロジャー様がものすごく気が乗らない様子で訂正した。

「え？」

義姉は本気で驚いていた。

「なぜですか？」

「なぜですかって……」

ロジャー様は猛烈に気まずそうだった。

「侯爵家に生まれた以上は、侯爵になるでしょう！」

ならない。

「それだと、ネズミ算式に侯爵家が増えるでしょう。領地はどうなるというのです？」

まったく渋々ながらロジャー様が説明を始めたが、義姉はわけがわからないという顔をしている。

「領地、分けるんじゃないんですか？　違うんですか？」

このたわけ者。聞いていてイライラしてきた。一方、フェアファックス夫人は顔を真っ赤にして笑いを押し殺している。

成績が悪いはずだ。常識がないわ。

「その説明はいらないだろう。それ以前の問題だ。アンナ、なぜ出てきたのだ」

当然、この質問にイライラさせられた様子の父が割って入った。

「隣の部屋に戻りなさい」

「いいえ！　お父様！」

義姉は叫んだ。

「ロジャー様がこうまでおっしゃっているのです。ぜひ、私との結婚をお許しください」

「僕は、結婚したいと言っているわけではないのですが、オースティン嬢」

「いいえ！　私、今まであなたが冷たかった理由がわかりませんでした！」

わからなかったのか。すごい。でも、冷たいとは感じていたのね。

「自分が出来すぎだなんてこと、考えたこともありませんでした」

実を言うと、義姉が出来すぎなんて、私も考えたことがなかった。学園中の誰も、それは思ったことがないだろう。

ツッコミどころが多すぎる会話だわ。

「私はロジャー様で、全然大丈夫です。喜んで結婚します！」

「いや、僕は……」

「アンナ嬢、引っ込みなさい。オースティン夫人」

父が大声を張り上げた。

「あなたの娘だが、なにか勘違いをしているね。私はこの娘の父親ではない。なぜ、こんな勘違いをしているのだ。あなたが教えたのか」

お前が悪いといった顔で、父は義母の顔を見た。

私は呆気に取られた。呆気に取られたというか、これは青天の霹靂《へきれき》だった。

「アンナ様は、義姉ではない……？」

「……ということは？」

私の傍らではフェアファックス夫人が茫然自失の状態で、父を見つめていた。

「オースティン夫人、あなたに家政を任せたのは間違いだったようだな」

父は冷たい口調で言った。

「アンナを連れて自分の部屋に行きなさい。セバス、誰か監視をつけておくように」

「かしこまりました」

あとに残ったロジャー様は、あまりのことに驚きすぎて口もきけないようだった。

「見苦しいところをお見せしたな」

「あの、今のアンナ嬢が、私の婚約者だったのではないのですか？」

「名前が違うだろう」

「しかし、オースティン伯爵令嬢は一人娘だと伺いました。当のアンナ嬢も、自分がオースティン伯爵の一人娘だとおっしゃっていました」

「どうしてそうなったのだ。私の娘はルイズ一人しかおらん」

「そうなると、私はそのルイズ嬢とはお目にかかったこともないので、婚約解消についてはなんとも言えません。アンナ嬢は、私が初めてお目にかかったとき、使用人に掴みかかって、傷を負わせていました」

父は驚いた様子で、ロジャー様を見返す。

「それはひどいね。アンナは、亡くなった私の弟の妻の連れ子だ。我が家の血は引いていない。オースティン姓なのは、弟の名字がオースティンだからだ。成績も散々だったはずだ」

ロジャー様は黙って同意した。

「でも、君には気に入った女性がいるんだろう？」

ロジャー様はだいぶ長いこと黙っていた。それからようやく口を開いた。

「そうですね。アンナ嬢との結婚は、正直、気が進みませんでした」

「それはわかる」

「ルイズ嬢はお目にかかったことがないので、なんとも言えません。でも、僕は、自分の心に正直になりたいと思ってはいます」

「好きな子がいるというのかね？」

父の口調が軽くなってきた。完全にからかっている口調だ。自分の娘が否定されていたわけではないとわかって、気持ちが軽くなったのだろう。

「まあ、そういう気持ちは大事にするべきなのかな。誠実であれかし、そういうことだな」

「それはそうと、気になることがあるのですが、将軍」

「なんだね？　君を軍に入れる話なら問題はない。正直者は悪くないと思っている」

「そうではなくて、先ほど、将軍のお嬢様のルイズ嬢は学年で一番の成績だとおっしゃっていたと思うのですが？」

父は身を乗り出した。この話に、よほど興味があるらしい。

「その成績表の貼ってあるところに案内してほしいのだがね？」

「もちろんご案内いたしますとも。でも、まず、私の簡単な質問に答えていただきたいのですが、実は、私が大切に思っている女性も学年で一番の成績なのです」

父は気がない様子で頷いた。

「うちのルイズは、学園で一番を軽く取れるような男じゃないと嫁にやらん」

お父様、ロジャー様の話を聞いてあげて！　私は心の中で叫んだ。

「名前をルイズといいます」

父がロジャー様を睨《にら》んだ。どうやら父は誰の話なのかわかったらしい。

「金髪で青い目の、とても可愛らしい娘です。平民です」

「平民？」

父が不審そうに聞いた。

「今、一年生です。雇い主に虐《いじ》められていました。可愛らしくて優しくて気が利いて、好きにならずにはいられなかった」

「それがどうした」

父は私に虫が付くことを極端に嫌う。極端にというか、よく婚約者を決める気になったものだと思うレベルだ。そして多分、婚約者の男をこうして現実に見ているうちに不愉快になってきているところだろう。

「学年一番は、一年生以外は男子生徒が取りました。女子が取ったのは前代未聞で、一年生のルイズだけです」

父は誇りで膨《ふく》れあがりそうになっている。

お父様、ロジャー様が言いたいのはそこじゃないと思うのだけど。

「その娘をアンナ嬢は虐《いじ》めていました」

サッと父の顔色が変わった。

「虐《いじ》めていた？」

「私が止めに行ったとき、アンナ嬢は、ルイズの腕を掴んで爪を食い込ませていました。まだ傷は残っていると思います」

「ルイズ！」

父が叫んだ。

「出ておいで！」

私はおずおずと書斎に入った。

ロジャー様はまさかという表情をしている。

「アンナがお前に傷を負わせたのか？」

私は左腕を捲《まく》り上げた。傷はまだ残っていた。

父は、呆然と私の傷を見つめる。

「そんな真似をする女性との結婚は嫌でした」

ロジャー様も私の腕を見つめていたが、急に父に向かって言った。

父はしばらく黙っていたが、突然ロジャー様に向かって少し意地悪そうな表情になった。あれ？

「紹介しよう。ルイズ・オースティン。私の娘だ」

ロジャー様は満面の笑みになって、私を見つめた。

「はじめまして。オースティン嬢。スチュアート家のロジャーです。あなたとお知り合いになれて、本当に光栄に存じます」

「婚約は解消するけどね」

　お父様が意地悪く言った。

「えっ？」

「他ならぬスチュアート家から婚約解消の申し入れを受けている」

「あっ、それは……違います。アンナ嬢が婚約者なのだとばかり思っていて……」

「キチンと名前が書いてあっただろう？　アンナだなんて一言も書いていなかったはずだ。婚約は書面で交わす。ちゃんと読んでいなかったのかね？」

「いえ、あの、オースティン将軍のお嬢様というだけで舞い上がってしまって……」

「今さっき、君、自分は緻密《ちみつ》な人物で、先の見通しを考えすぎるくらいよく考えた末の決断だって言ってたよね。そんな人間は、大事な婚約の書面はきっちり読んでるはずだ」

「いや、それは、あのアンナ嬢があまりにも粗雑だったので、一目見た途端、嫌気がさして……ちなみに、その傷がつけられたとき、止めたのは私です……」

　父は悪魔のようなニヤリ顔になっていた。

「スチュアート家には、私から承諾の連絡を入れておくよ。心配しなくていい。婚約を解消したいという君の希望が通った」

「将軍！　あんまりです。私がオースティン令嬢との婚約に乗り気になれなかったのは、ルイズ嬢の存在があったからなのです」

ロジャー様が頑張り始めた。

残念ながら、父は私に近づくすべての男が気に入らない傾向があった。

私が三歳の頃に、いつかはこの子を他の男にやらなくてはならないかと思うと婿《むこ》に殺意が湧くと言って号泣していたのを、お母様に慰《なぐさ》められた話は、我が家で語り草になっている。

父は、ロジャー様をジロジロねめつけ始めた。

なにか都合の悪い点でも見つけようとするかのように。

「え？　君、うちの娘になにかしたの？」

「なにも」

ロジャー様は口ごもった。

「なにもしてません。もちろんです。アリシア嬢に聞けばわかります」

「優秀だよ、ベドフォード伯爵令嬢は。都合の悪いことは一切話さない。利口な娘だ」

「お父様、いい加減にして！」

私は叫んだ。

「ロジャー様を虐《いじ》めるのはやめてください。わかっていらっしゃるでしょ？　アンナ様は……」

「様なんかいらない。勝手に私の娘を名乗ったのだ。怖気《おぞけ》を震うよ。私の娘はお前一人だ」

「ですから、学園中が、オースティン家の令嬢とはアンナ様のことだと認識していたのですわ。ロジャー様だけではありません。ロジャー様がアンナ様を婚約者だと考えるのは当たり前です。アンナ様は粗暴でした。私だって何回殴《なぐ》られたかわかりません。婚約の件は……」

父は、殴《なぐ》られたという言葉にだけ反応した。

「失礼、ロジャー殿。婚約の件は預かりにしないか？　色々と誤解があったようだ。当家も君に誤解を与えたようで、その点に関しては謝罪しよう。改めてスチュアート家と協議したい。当家までお越しいただいて感謝申し上げる。いかがかな？」

「私は、アンナ嬢は嫌いでした。ルイズ嬢は……好意を捧げるに相応《ふさわ》しい相手と考え、婚約の継続をお願いしたいと思っています」

父は値踏みするようにロジャー様を見つめた。

私はどきどきしてきた。

ここで、私が、ロジャー様大好き！　と叫ぶと、父がひん曲がる可能性がある。

父はちっとも変わっていない。娘にデロデロなのだ。これは、本気で結婚できないかもしれない！

父を説得したければ、なんとか別の方法を考えないといけないわ。

この場は黙っていたほうが賢明な気がする。

「まあ、娘次第だがね」

セバスが書斎のドアを開けて、ロジャー様に頭を下げていた。

こちらへという合図である。

「それでは、お暇《いとま》いたします。本日はありがとうございました。いい返事を期待しております」

型どおりの挨拶をすると、ロジャー様は侯爵家の子息らしく堂々と出ていった。

うっかり見惚《みと》れてしまった。

ロジャー様が出ていったあと、私は父を説得しにかかった。だが、父は聞いていなかった。

「お父様、ロジャー様は……」

「それどころじゃないだろう。ルイズ、腕を見せてごらん」

父は心配そうに私の腕を見た。

「ひどいな。爪でか？」

私は頷いた。

「どうしてひっかき返してやらなかったのだ」

「だって、義姉ですし、そんなことをすれば、家に帰ればお義母様に叱られます。マジョリカに殴《なぐ》られるかもしれません」

父は目を上げた。

「それだ。お前の叔父の妻だが、どうして母になっているのだ？」

私はなにがなんだかわからない気持ちだった。

「ご自分でそうおっしゃっていました。お父様と再婚したのだと」

父が絶句した。

「なんてことだ」

「まさか……違うんですか？」

「違う。違うよ。急に戦況が変わってしまって、私自ら戦地に赴《おもむ》かなくてはならなくなった。留守家庭を親族の女性に監督してもらおうと思ったのだ。フェアファックス夫人で十分だが、もう一人いたほうがいいかなと」

余計な……お父様ったらまったく余計なことを……

父が横目で私の様子を窺《うかが》いながら話を続けた。

「亡くなった弟の夫人がちょうど帰国していたので、任せることにしたのだよ。ルイズと年の近い娘がいて、行儀見習いをさせてほしいと頼みに来たので。ルイズの侍女にいいかなと」

私はさすがに目を釣り上げた。

父は萎縮《いしゅく》し始めた。

せめて現物に会ってから決めてほしかった……侍女が務まると思ったのだろうか、アレに。

「だって、オースティン夫人は、どちらかというと気が弱そうで、これならフェアファックス夫人の逆鱗《げきりん》に触れることもなさそうかなと」

どうして、そのフェアファックス夫人をクビにできたんだろう？

「お父様……オースティン夫人は私の義理の叔母だと家の者にご説明なさいました？」

「え……？　みんな知っているだろう？」

父はその場にいた使用人たち……セバスやフェアファックス夫人を、同意を求めるかのように見渡したが、全員、使用人にあるまじき目つきで、父を見ていた。

言わなかったんだ。

「お父様！」

「そういえば誰なんだ？　あのマジョリカというのは？」

父は、そそくさと話題を変えた。

「マジョリカはお義母様が連れてきた侍女ですわ。すごい怪力ですの。先だって、お父様が帰ってこられたときも私は現状を訴えたかったのです。でもマジョリカに阻止されて……私、お義姉様やマジョリカに、しょっちゅう殴《なぐ》られて、髪もとても短く切られてしまって、下女代わりに……」

父の目が大きく見開かれた。私は父がこんなに大きく目を見開いているところを見たことがなかった。

「殴《なぐ》る？　髪を切る？」

父がつぶやいた。

「許せん！　こともあろうに、うちのルイズを！」

マジョリカの暴挙は、下の者には寛大に、女性には基本優しくという貴族としての父の信念をバッキリ叩き折るほどだった。

「連れてこい」

すぐにセバスが、マジョリカを呼びに走った。マジョリカは隣の部屋からとうに逃げ出していた。家から出ていってはいなかったらしく、すぐに見つかったようだが、マジョリカが捕まったであろう廊下からはすごい音と叫び声が上がっていた。

「なんだ、あの雄叫びは？」

さすがの父も不審そうに首を傾げた。すごい騒ぎだ。

「マジョリカは怪力なんです。私などまったく歯が立ちません」

連れてこられたマジョリカは大抵抗をしていた。

セバスは少々小腹の出た中年男で、どう見ても武闘派ではない。そのため若い下男が数人加勢して、彼女を書斎に引きずり込んだ。

「私はッ、奥様とお嬢様のために……」

父の顔が歪《ゆが》んだ。奥様は亡くなっている。お嬢様とは私のことだ。決してアンナ嬢のことではない。

父は、床に転がって抵抗しているマジョリカの襟首《えりくび》を掴んで立たせると、強烈なパンチを喰らわせた。

「あぐッ」

マジョリカはぶっ飛んで、書斎のテーブルの角にぶつかったが、すぐに立ち上がった。

「なにするんだ」

父は立ち上がったマジョリカにツカツカと近づいた。

「お前はうちの娘をふしだらと言ったな」

「昨夜は帰ってこなかった」

「私は娘がどこに行っていたか知っている。この家にいられなくて、親友のベドフォード伯爵令嬢のところに泊まっていたのだ。それを男のところに行っただなどと」

見事なアッパーカットが決まって、マジョリカは吹っ飛んだ。今度こそ彼女は気を失って、まるでボロ人形のように床にのびた。鼻と口から血が出ていた。

「連れていけ。監禁しておくんだ。絨毯《じゅうたん》にシミがつかないように気をつけろ」

下男たちはまるで、ご主人様のためなら命もかけますみたいな勢いで父の命令に従い、彼女を運んでいった。

「あの、旦那様」

おずおずとセバスが話しかけた。

「無理もないとは思いますが、女性相手にちょっとやりすぎでは？」

「そんなことない」

こともなげに父は言った。

「あれは男だ」

「お、男？」

私は繰り返した。

「男……？」

セバスも、わけがわからないといった様子で繰り返した。

「まったく……お前たちは気づかなかったのか。あんな怪力の女がいるものか。声も男の声じゃないか」

「あの、私はオースティン夫人とアンナ様が来られてすぐに、あのマジョリカに椅子を投げられたあげくクビになってしまいまして、観察する時間があまりなかったのですが……」

セバスが言い出した。

「どの椅子を投げられたのだ？」

「あ……客間のソファーでございます」

「お前は一人で持ち上げられるのか？」

セバスはハッとしたようだった。

「そう言われれば……若い下男なら投げられるかもしれませんが……」

ダメじゃないか……父の目はそう言っていたが、義姉もマジョリカが男だとは、知らなかったのではないだろうか。一緒に来た義姉が知らなかったというのは大きい。みんな騙《だま》されたはずだ。

「それに、お義母様が……」

言いかけたところで、父の顔が嫌そうに歪《ゆが》んだのを見て、私は慌てて言い直した。

「だって、あのオースティン夫人が、女中頭《じょちゅうがしら》のマジョリカだと紹介されたのですもの……それにご自分のことは母だと言いました。お父様の後妻だって」

父は腑《ふ》に落ちないといった表情で、使用人たちを見る。

「さっきもその話が出たが……最初、オースティン夫人がここへ来たとき、皆に紹介したろう？オースティン夫人だって」

その説明には大事な部分が抜けている。つまり誰の夫人かって点よ。

「それから夫人の連れ子のアンナだと」

「はい。そうお聞きしました」

セバスが言い、後ろに立っていたフェアファックス夫人も頷いた。

「それから、夫人が言いましたわ。夫とは再婚ですのって」

うん。理解できた。

私はその場にいなかったけれど、父も再婚だという点は認めただろう。もっとも、夫人自身が再婚だってことで、父の再婚ではないのだけど。

「ですから、てっきり、私どもは旦那様が再婚なさったのだと思いました。当然ですよね？」

父はギューッと唇を歪《ゆが》ませ、それからうめいた。

「……生涯の不覚……」

私とセバスとフェアファックス夫人は、そろそろと父のそばから離れていった。

大体の事情はわかったわ。

私たちは、うめいている父を残して書斎の外へ出た。

パタンと軽い音をさせて書斎のドアを閉めてから、フェアファックス夫人が優しく言った。

「お嬢様、今日の晩御飯のときは、お父様を無視なさってくださいましね」

セバスも深く頷いた。

「それが一番です。旦那様には、生き地獄を味わっていただきましょう」

娘の私の無視って生き地獄なの？

夕食時に無視され続けた父は、肩を落とし、泣き落としにかかった。

「ルイズ、お父様が悪かった。口をきいておくれ」

かわいそうに思った私は、髪を切られ、カツラとメガネを着けさせられて、学園で侍女の真似をして小金を稼いで飢えをしのいでいた話をした。

父は激怒した。そして泣いた。

「くっ……オースティン家の娘が……」

「侍女をするのは、結構楽しかったのですよ」

私は優しく父に言った。

「情けない。なぜ手紙を出さなかったのだ」

「出しましたわ。でも返事が来ませんでした。それにお父様だって、一通も書いてくださらなかったじゃありませんか」

父は、うるうるになった大きな目で私を見つめた。

「何回も書いた。でもその度に、オースティン夫人から、ルイズが読んでくれなかったという手紙が来た。お嬢様はそういうお年頃なのでしょう、この年頃の若い娘さんにはよくあることです、今だけですからと慰《なぐさ》めの言葉が書いてあった」

私は、父を少々鬱陶《うっとう》しいと思っていたことを後悔した。その態度が父に不信感を抱かせなかったのだろう。

「騙《だま》されたのだ」

父は悔しそうだった。

学園に来ていくドレスがなくて、親切なアリシア様がご自分の家の侍女の古着を恵んでくださった話をすると、父は倒れそうになった。

横で聞いていたフェアファックス夫人は、憤怒《ふんぬ》のあまり、もう夜中なのに、今すぐドレスメーカーのマーシャル夫人を呼ぶため早馬を飛ばす手配をした。

父は横で打ちひしがれていた。

「侍女服って、楽でよかったのですよ？」

私は父を慰《なぐさ》めたが、父は歯を食いしばっていた。あまり慰《なぐさ》めにならなかったらしい。

「こんな真似を娘にさせるだなんて……あ、ついでにアンナのドレスはみんな持って帰ってもらえ。あんなバカは知らん」

アンナ様のドレスは山ほどあって、見た目は派手だが、実は安物ばかりだ。伯爵家が使うドレスメーカーが作るようなドレスではない。

アンナ様は……アンナ様と言うと父がぎろりと睨《にら》むので、その都度アンナと言い直しているのだけれど、義母ではないオースティン夫人とも、今は、屋根裏部屋に閉じ込められていた。服も取り上げられていた。

「私の金で作ったんだ。あの二人のものじゃない」

父は言った。

形勢逆転というわけだ。

寝ているところを叩き起こされたドレスメーカーのマーシャル夫人はドレスの引き取りを渋った。

「うちの作ではないので」

彼女は伯爵家へ連れてこられる途中、お嬢様が侍女のお古を着ていたという残酷物語を切々と聞かされたらしく、アンナのドレスには見る前から嫌悪感を抱いていたようだ。

現物を見ると、余計嫌になったに違いない。派手で下品なうえ、センスのカケラもない。

「じゃあ、捨ててくれ」

「お父様！」


私は翌日アンナのドレスメーカーに連絡して、下取りに出した。お金になる。

私はお金の大切さを学んだ。いいことだと思う。

「アンナ様……アンナはどうなるのですか？」

朝食の席で私は父に聞いた。フェアファックス夫人もセバスもなにも言わなかったが、聞き耳を立てていた。

「あんな性根の腐った女はどうしようもない。バカだしな。どこかの鍛冶屋《かじや》の女房にでもなったほうが幸せだろうが、野放しにしてオースティン家のことをあれこれ噂にされるのは嫌なので、修道院入りだ。オースティン夫人は、あれでも一応どこかの貴族の家の出なんだ。自ら修道院に入るというので勝手にさせる」

「寄付金は？」

すかさず私は聞いた。

「私が出す理由がないだろう。弟の遺産があるはずだ。なくても、やっていけるよ。修道院で働けばいいんだから。下女の仕事は結構あるそうだ」

「そうですわね」

私は微笑んだ。私だって、侍女としてなんとかやってきたのだ。条件は同じ。同情する必要はない。

その後、フェアファックス夫人が私に謝罪に来た。セバスも庭師のジョジフやハリー、その他のメイドたちも一緒だった。

「あのような状態のまま、お嬢様を置いて退職してしまって申し訳ございませんでした」

彼らは私に頭を下げた。

「あなた方はクビになったのよ？　どうしようもなかったではありませんか」

「いいえ。粘ればなんとかなったのかもしれません。ですが、あの三人が相手では残ったところでできることは限られていると思い、そのまま職を辞してしまいました」

彼女たちにだって生活がある。

給金を支払わないと言われたら、どうしようもないのだ。お金で散々苦労した私にはよくわかる。

それにしても、髪を切られ、変なカツラとメガネで変装させられ、アンナをオースティン家の令嬢と周囲が勘違いするよう仕向けられたけれど、父が戻ってきたら一瞬にして瓦解《がかい》するような計画だったと思う。

侯爵家との縁談が持ち上がっていたので、一度結婚してしまえば離縁はされないと考えたのかもしれないが、バレたら針の筵《むしろ》だろう。そんな詐欺みたいな結婚。

それに肝心のロジャー様がとことん嫌がった。

「ロジャー殿は見る目があるな。というかアンナが下品なだけか」

父がぼやいた。


私は、オースティン伯爵令嬢として、学園で再スタートを切ることになった。

父はかわいそうなくらい、しょげ返って私に謝った。

「ルイズ、本当にすまないことをした。許しておくれ。オースティン夫人があそこまで愚かなことをするとは思わなかった。さぞ、いやな思いをしたことだろう」

他人の家の侍女の古着を愛娘が着ていたことや、自分の家より家格の劣る家の娘たちに私が仕えていたことを聞いた父は、自分で自分が許せなかったのだろう。

でも、私は正直、結構楽しかった。

だって、皆様、褒めてくださった。

私のお茶は誰よりもおいしいと言っていただけたし、髪の直しやお化粧は誰がするより見栄えがすると喜んでくださった。

もし、最初から、オースティン伯爵家の一人娘として入学していたら、アリシア様なんかは、絶対に様子見をしただろうし、今親しくしている男爵家以下の方々と仲良くなるのにも、もっと時間がかかったに違いない。

「今後、お前が学園で不愉快な目にあわないように、できる限りのことをする。他人のドレスを借りていたことや、変装をしていたことについてなにか言う者がいれば、厳正に処分するよう学園長に申し付けたから」

　私は、声をかけてきた三年生男子の件も父の耳に入れておいた。

　父が顔色を変えていたので、多分、私がなにもしなくてもカタがつくだろう。

　安心して学園生活を送りたいもの。

　父は部下に引っ張られて仕事に戻っていったが、最後に言った。

「私が、お前のことを、ちゃんと見ていなかったのがいけなかったのだ。もう子どもじゃない。オースティン夫人などに任せず、お前を信用して任せればよかったのだ。お前が見ていた帳簿関係はきっちりしたものだったと、セバスが言っていた。さすが学園で一番だな」

　私は目を輝かせた。

「そうですわよ。もっと信用してくださいませ。生活力もありますのよ？　超一流の侍女になれますわ」

　父は憮然《ぶぜん》とした。

「それはダメだ。侍女じゃなくて、侍女を使うほうに回ってもらう。お前はどこの名家の夫人でも立派に務まる。一流の侍女になるより難しいことだぞ」

　自称義母のオースティン夫人、自称義姉のアンナ、実は男だったマジョリカの三人は去っていった。

マジョリカは、父が鉱山の人夫《にんぷ》として送り込んでしまった。

「無駄に力だけはあるそうじゃないか。だが、女に力を振るうような男は最低のクズだ。生きて帰れるかな」

私は結局、二日ほど学園を休んでしまった。

新しいドレスが出来上がるまで学園に行かないでくれ、と父が頼むもので。侍女服は絶対に着てはダメだそうだ。

フェアファックス夫人に聞かれた。

「どうしてカツラとメガネのまま学園に行ったりなさったのですか？」

真面目な夫人に、まさか面倒だったから、どうでもよくて……とは言いにくい。

それでなくてもフェアファックス夫人は、オースティン夫人とアンナへの対応が生ぬるいと、なんだかお怒りなのだ。

「髪の毛を切られてしまって、どうしようもなかったのです」

「それにしても、ご親戚の方々に手紙を出すなりなんなりできたはずでは？」

でも、どの親戚も（自称）伯爵夫人には勝てなかったと思う。元は父の愛人でしたなどとオースティン夫人が言い出したら、親戚でも突っ込みにくいのでは。言いそうだし。

「父の意見を聞いてみましょうか？」

ただでさえ、オースティン夫人に後妻を名乗られて憤懣《ふんまん》やるかたない父なのに、この上、娘から元愛人を後妻に据えた説を聞かされたら、憤死すると思う。

「やめましょう」

ちょっと悩んだ末に、フェアファックス夫人は言った。

九　伯爵令嬢、学園に行く

ようやくドレスも出来上がって、学園に行く日が来た。

なんだか、最初に入学したときよりドキドキする。

あのときはカツラとメガネのことしか頭になかった。ビクビクしながら、できるだけ目立たないようにと祈るような気持ちで、学園の門をくぐった。

でも今日は、裕福な伯爵家の跡取り娘として、堂々と馬車で行くのだ。

それはそれで心配。

どんな反応になるのかしら。かえってみんなから、冷たくされたりしないかしら。

だが、馬車が学園の敷地内に入ると、どこからかすっと人影が現れた。

ロジャー様だった。

心の中で最近私が飼い始めてしまった、例のちっぽけなウサギが耳をピンッとさせ、立ち上がって、鼻をひくひくと動かした。

ロジャー様だ！

彼は風を切るようにして、私の家の馬車に近づいてくる。

馬車が停まると、彼はドアの横に立った。

「あなたの父上に叱られることは覚悟している」

馬車を降りた私に、彼は思いつめたような顔で言った。

「でも、父上は、あなた次第だとおっしゃった。だから、僕は待っていた」

この二日間、ずっと彼は待っていたのかしら？

ロジャー様と一緒に学園の中に入っていくと、何人もの生徒たちから、ちょっと不思議そうな顔をされた。

「誰かしら？」

「スチュアート家のロジャー様がご一緒だなんて？」

「ずいぶん高そうなドレスよね。例の噂の平民じゃないわ。どこのご令嬢かしら」

私をよく知らない生徒たちからは、見たことのない貴族の令嬢だと思われたらしい。

ロジャー様と一緒にいても、文句を言われることはなかった。

誰が流したのか、私——あの平民の特待生だと思っていたルイズが本物のオースティン伯爵令嬢だという噂が……事実だが、しっかり流されていた。

父の差し金だろう。そういえば学園長に指示すると言っていた。

カツラとメガネの侍女と同一人物だとわかっても、陰口を叩かれずに済んだ。

学園長もだが、きっとリンカン先生や、スチュアート侯爵家のご子息ロジャー様やベドフォード家の令嬢アリシア様、その婚約者のアーディントン伯爵の嫡子のエドワード様などの影響力も大きかったと思う。

一方、いつも一緒だった令嬢たちの反応には申し訳なく思った。

「オースティン伯爵令嬢……」

彼女たちは、気の毒なほど顔を青くしていた。お茶を淹《い》れさせたり、雑用を言いつけたりしていたのに、実は自分たちより高位の令嬢だったのだ。

立場逆転。

彼女たちは真剣に困り果てたらしい。

「まったく存じ上げず……」

それはそうだ。カツラとメガネだもん。

「今まで、ご無礼申し上げました」

揃って、頭を下げた。

「そんな……」

親切にしてもらったのは、私のほうだ。こんな詐欺みたいな結果になってしまって申し訳ない。今まで親しく私を使ってくれていた令嬢方が、私に向かって深々と謝るのを見ると、本当に心が痛んだ。

「これからもお茶くらい運びますわ」

私が言うと、

「ダメよ、ダメダメ！」

と、男爵令嬢が慌てて叫んだ。

「オースティン伯爵令嬢に、お茶を運ばせていたのが父にバレたら、私が叱られます」

私は困ったが、同格の伯爵令嬢のアリシア様が、顔だけ笑いながら言った。

「ルイズには、これから是非やってもらいたいことがあるのよ？」

私は、ササッとアリシア様のもとへ駆け寄った。

「なにをいたしましょうか？　アリシア様」

「いいこと？　今度から、私のことは、絶対、アリシアと呼び捨てにしてね！　それからご用を聞きに来ちゃダメよ！　みんなに対してもよ！」

「あ……。もう、お金をもらえないからですね……」

「違うでしょう！　伯爵令嬢がなにを言っているの？」

例のロジャー様ファンクラブは鳴りを潜めていた。事情が伝わったのだろうか。

そして、事件は食堂で起きた。

ある日、私は、食堂で、複数の令息たちに取り囲まれてしまったのだ。

私は青くなって、周りを見回した。

以前、カツラとメガネを取ったとき、三年生の男子生徒に取り囲まれた。あのときは子爵家のご令嬢が助けてくださった。

誰か、助けてくれそうな影響力のある家のご令嬢はいないのかしら？

誰もいない。パニックになりかけて、大声で助けを呼ぼうとした瞬間、ご令息集団のうちの一人が、私に向かっておずおずと微笑み、礼儀正しく話しかけてきた。

「オースティン伯爵令嬢」

え？

「お目にかかれて光栄です」

ああ！　おおっ！

そうだった。今は、自分が爵位持ちの影響のある家の娘だった。

自覚が足りないわっ。ダメだわ、私。今後は、私がこの前の子爵令嬢みたいに助けるほうに……

「……あの、オースティン伯爵令嬢、聞いていています？」

「あ。ごめんなさい」

慌てて笑顔を作って、ごまかした。なんの話をしていたのかしら。

彼らは、私の顔を見て、一斉に、ほおぉーとため息をついた。なんだか嬉しそう？

ゲフン、ゴホンと咳払いしたあと、一人が他を押し退《の》けて出てきた。

「微笑み一つでなんという破壊力……美しい方、できれば、我々とご一緒の時間をお願いできませんか？」

うっかり、露骨になにをご一緒に？　と聞きそうになった。あなた方の質問は不明瞭すぎよ？

彼らは口々に名乗り、そして私を賛美した。うさんくさい。そのうえでお茶会への招待とか、ダンスパーティがどうのとか言い出したが、結局用件は、本日の昼食をご一緒したいというものだった。

うーん。カツラとメガネのとき、それを言ってお昼をご馳走してもらえたら、本気で嬉しかったんだけどな。

「いえ……あのう……」

多分、難しいだろうなぁ……と思ったのは、すでに危機は彼らの背後に迫っていたから。

今、私の心を占めているのは、カツラとメガネをつけていても、平民だと思っていても、一緒になりたいと言ってくれた男子生徒だ。

お昼時、彼は必ず食堂に現れる。

そして隣にかけてもよろしいでしょうかと礼儀正しく尋ねてくる。

しかしながら、今日は、彼は真顔で早足だった。

「あ、ロジャー……」

「やあ、君たち、なにをしているのかな？」

手がひらひらしている。

「やばい……」

私は知らなかったが、その手の動きはロジャー様お得意の火の魔法を発動する構えだったそうで、ご令息軍団は皆青ざめ、次の瞬間にはいなくなっていた。

「皆様、なんだったのでしょう？」

誰もいなくなってしまって、私は首を傾げた。

ロジャー様が隣に腰かける。

「さあ、なんだったのかな。そんなこと気にしなくていい。それより今度から、お昼は教室まで迎えに行くから。僕が行くまでルイズは教室の外に出ちゃダメだよ？」

え？　なぜ？

「それとお茶に誘われていたみたいだけど、ええと、あの今度、僕の母が開くお茶会に……」

私がじっと見つめていると、ロジャー様はだんだん支離滅裂《しりめつれつ》になってきた。

「母が一度会いたいと……お願い、ルイズ」

なにを言いたいのかわかっている。侯爵家のお茶会に誘いたいのね。

「喜んで伺いますわ」

私はにっこり笑って了承した。


侯爵家のお茶会は二週間後だった。

「さあ、お嬢様。これですっかり出来上がりました」

二年前に戻ったようだ。侍女たちが丹精込めてドレスを着付け、髪を結って、仕上げてくれる。

「とてもおきれいですわ」

フェアファックス夫人が目を潤ませて言った。

今日は、初めて侯爵家を正式に訪問する。

実を言うと、かなりドキドキだった。メガネとカツラを被《かぶ》っていた頃の私を知っている人はいるかしら。なにか言われたらどうしよう。

でも、心配することなどなにもなかった。

「よく来てくださったわ」

侯爵夫人はロジャー様に似ていた。同じような黒髪に灰色の目。お目にかかるのは初めてだったし、夫人のお友達も知らない方ばかりだったが、とても友好的だった。

しばらくすると侯爵自らが顔を出した。息子であるロジャー様と一緒だった。侯爵は、にこやかに言った。

「伯爵家とは、まんざらご縁がなかったわけではないのでな」

「ロジャー様には学園で色々お世話になりました」

アンナに襲いかかられたときに助けられたり、食堂で火柱を出現させたり、一緒に毛生えの方法を探したり。

思い出は多いが、この人たちの前では言わないほうがいいような気がする。

侯爵夫人やそのお友達に挨拶したあと、ロジャー様は早々に私を連れ出した。

侯爵夫人は、今がバラの盛りなのよ、ロジャー、案内して差し上げてと送り出してくれた。

人目がなくなった途端に、彼は私を抱き締めた。

「婚約を戻してほしい」

彼は私の耳元で言った。そんなところで囁かないで……

「どんな姿のあなたにも惹《ひ》かれた。カツラだろうがメガネだろうが。そして、平民だと思っていても。結婚なんか絶対無理だとわかっていても、エドワードに止められても、君を愛することは止められなかった。ずっと本気だった」

ロジャー様の本気がもはや怖い。嬉しすぎて自分が怖い。

「結婚すると約束してほしい……」

「はい」

私は小さな声で答えた。

バラ園でのプロポーズ。まるで夢のよう。

お茶会が終わるまで、ロジャー様は甲斐甲斐しく私に付き添ってくれた。優しげな侯爵夫人も、ことの成り行きを喜んでいるようだった。

帰りの馬車で私は拳《こぶし》を握った。

「よしっ。あとはお父様を説得するだけだわ」

だが、自邸に帰ると、父からの手紙が待っていた。

なんと父の部下がわざわざ届けてくれたのだ。

『スチュアート侯爵家のロジャー殿は、当家の娘を気に入らないとのこと』

違うって言ってるでしょう！　なにをごねているのよ！

『なので、婚約解消了承の返事を出しておいた。新しい婚約者を考えている。ウォルマス侯爵の次男リチャード殿だ。金髪碧眼《へきがん》の美男子で、先方もルイズ嬢ならと大変乗り気だ』

なんですって？

どうしてこんなことを。せっかく侯爵夫人にもお目にかかり、すべてが順調だっていうのに。ロジャー様のどこに不満があるっていうの。これだから、娘と疎遠になるのよ！

私はため息をついて手紙をたたんでしまい込み、次に、父の手紙を持参してきたベドフォード伯爵を観察した。ベドフォード伯爵はなぜだか不安そうな表情をしている。

どうして忙しいはずの副官のベドフォード伯爵が、父のお使いなんか引き受けたのかしら？

アリシア様のお父様、ベドフォード伯爵は、父より少し年上らしい。栗色の髪はアリシア様と同じだが、耳から上半分がスッパリと見事に禿《は》げ上がっていた。

ここまでくると、いっそ潔《いさぎよ》いというか。でも、そのほかは悪くなさそう。返す返すも髪が惜しい。

私に見られていることに気がつくと、彼はますます不安そうな態度になった。

「副官のベドフォード伯爵が、わざわざ私宛の手紙を届けに来られたのですか？」

「いえ、オースティン将軍のために来たのではなく、純粋に私の用事で参ったのです。むしろ将軍の手紙はついでです。娘から私宛に事情を知らせる手紙が参りましたもので」

アリシア様が？　一体なにを知らせたのかしら？

突然、ベドフォード伯爵はガバリと平伏した。

「ルイズ嬢、誠に申し訳ございません！　娘があなたを侍女代わりにこき使っていたそうで！」

私はたじろいだ。

この土下座の理由は、そこ？　わざわざ伯爵邸に手紙を届けたのも？

「なんでも、オースティン伯爵令嬢にお茶を淹《い》れさせ、繕《つくろ》い物をさせ、洗濯させて、お使いに走らせていたそうで！」

えー？　楽しかったのに。

「このこと、オースティン将軍は秘密にしていただきたいのです！　でないと、娘にメロメロの将軍がなにをし出すかわからない……」

　もう話してしまったとは言いづらい雰囲気だ。

「代わりにお代をいただきましたのよ。でないと飢え死にするところでした」

　ベドフォード伯爵はなんとも言えない顔をした。

「父が悪いんですのよ。家族を顧《かえり》みなかったから、こうなったんですの。アリシア様からお聞きになっていらっしゃるでしょう？」

　伯爵は、次はいたたまれないという顔をした。

「アリシアとお呼びください、ルイズ嬢」

　しまった。様をつけてはいけないとアリシアから厳重注意されていたのだった。

　私は、ベドフォード伯爵の見事なくらいにスッパリ禿《は》げ上がった頭の上半分を見ながら考えた。

　これは使えるかもしれない。

「ベドフォード伯爵、お願いしたいことがありますの」

　私の父は、私がロジャー様の話を始めると、プイッと顔を背ける。まったく話を聞く気がない。

でも、ベドフォード伯爵は父の副官だ。話す機会は多いのではないかしら？

「スチュアート侯爵家との縁談なら、取りなしを頼まれても無理です」

　頼もうと思っていたことを、さっくり断られて、私は渋い顔になってしまった。

「なぜですの？」

「アリシアからもなんとかしてくれと頼まれておりますが、オースティン将軍は、可愛い一人娘との婚約をロジャー殿が断ったと思って、すっかりつむじを曲げているのです。私は将軍には逆らえません」

むむむ。

一体、ロジャー様のどこが気に入らないのかしら。

そして、ウォルマス家のリチャード様のどこが気に入ったのかしら。

絶対、娘が気に入った男性が気に入らないだけだと思う。

「そして、ロジャー殿には、ルイズ様より美人で、成績が学年一番よりよくて、父親に溺愛されているご令嬢が見つかるだろうから、全然大丈夫とうそぶいて……ではない、心からおっしゃっていました」

私は、ベドフォード伯爵を睨《にら》みつけた。

なんなの？　その棒読み。

睨《にら》まれた伯爵は、ダラダラと汗をかき始めた。言わされている感がすごい。

頭の毛がないので、汗の玉が浮いてくるのがよく見える。見ないほうがよかった。

「父は、ロジャー様が私のためになにをしてくれたのか、よく知らないのです。ベドフォード伯爵が説明してくださるといいなと思いますの」

「え？　私は、あのその、あのような鬼将軍に立ち向かうのは……」

ベドフォード伯爵は即座にお断りの態勢に入った。

お父様、アリシア様のお父様相手になにをしているのかしら。

でも、ここで負けてはダメだわ。

「あら、頑張ってくださればよろしいのよ」

ベドフォード伯爵は、なにを簡単そうに言ってるんだという顔になった。

「いいですこと？　ロジャー様の火魔法とエドワード様の風魔法はニコイチです」

エドワード様は、アリシア様の婚約者。ベドフォード伯爵にとっては未来の婿《むこ》だ。

「ロジャー様を推すことは、イコール、エドワード様を昇進させることになりますわ。ここで私とロジャー様の婚約さえ成立すれば、父だってロジャー様を無下にはできません。エドワード様のことも」

父の腐った溺愛っぷりは、ベドフォード伯爵も身に染みていると思う。

「まあ、実際ロジャー殿は実力者です。武門オースティン家に恥ずかしくない婿《むこ》でしょう……ただ、うまい説得の仕方が……」

「アリシアにご相談すれば、きっといい伝え方を教えてもらえますわ。それに、あとになれば父から感謝されます。私からも感謝されますわ。父は私を溺愛していますもの」

おわかりかしら？　愛娘からのご愛顧は強いのよ？

「それに……ちょっと失礼」

私は、これまで殿方は、ご自分の容姿に無頓着なものだと思っていた。

だが、リンカン先生に会ってから、考えを改めた。これは効くらしい。

私はベドフォード伯爵の頭に手を触れた。ダメ押しの買収よ。

「ああっ？　なにを一体？」

私の突然の行動にびっくりしたベドフォード伯爵は叫んだ。

「毛が生えますように！」

「毛が生えますように！」

「毛が生えますように！」

私は立て続けに叫んだ。

見る間にベドフォード伯爵の頭頂は薄茶色のふわふわしたものに覆われる。そしてそれは太く伸び、立派な毛になって、彼の頭を覆い尽くした。

「え？」

驚き慌てる伯爵に向かって、私は悠然と客間の鏡を示した。

実際にはゼイハア言っていたが。三連呼は魔法力の使いすぎだ。

「こ、これは！」

鏡には、つやのあるフサフサの髪に覆われ、十歳は若返った感のある新生ベドフォード伯爵の姿があった。

「なんということだろう……」

彼は呆然と鏡の中の自分の姿に……ではなくて頭に見入り、不思議なものにでも触れるようにそっと髪に触った。

「本物だ……」

そこから話は早かった。彼は、必ず将軍を説得すると言い、急ぎ足で帰っていった。

「これでよし」

私はニンマリした。

ただ、行き違いでスチュアート家にはすでに婚約解消承諾の文書が渡ってしまったらしい。

翌朝、学園へ一緒に行きたいと言うスチュアート家の馬車が自邸の前に待ち構えていた。

「婚約が解消されてしまったせいで、今、ルイズ嬢に婚約者はいない。何かあってはいけないので、これからは行きも帰りもご一緒したい」

私、ロジャー様のことは大好きだし、その気持ちは全学園中の誰にも絶対負けないと信じていた。

しかし、伯爵邸前に踏ん張るロジャー様の顔を見て、なんとなく自信がなくなった。

もしや、目の前の人物のほうが、なんかこう、迫力？　では勝っているのではないかと……？

なんだろう、この気持ち。負けた？　勝ち負けの問題ではないのだけれど……

絶対離すまじの気概にあふれたロジャー様は、学園中を付き纏《まと》い……さすがに友達の令嬢方から言われた。

「あんなステキな男性に愛されちゃって幸せね……でも、ちょっと大変じゃない？」

「そうね。大変かも……」

とはいえ、ロジャー様のおかげでウォルマス侯爵家の令息の出番なんか、針の先ほどもなかった。

ロジャー様は隙あらば手を取るし、他の男性が近寄ろうものなら、毛を逆立てた猫みたいになるし、自分の思うところへ連れていこうと頑張るし……こんな余裕のない男だとは思わなかった。

「もう、結婚しちゃえば？　自分のものだと確定すれば治るんじゃない？　あれは辛いよね」

「そ、そうかもしれません……」

そう言いながらも、私は口元が緩むのを抑えられなかった。


その後、ロジャー・スチュアートとの再婚約は無事に成立した。

父がうんと言うまで、ありとあらゆる努力を続けた結果である。副官のベドフォード伯爵の尽力も大きかったみたいだ。

私も頑張ったつもりだが、後半は力が抜けてきた。ロジャー様、怖い。真剣すぎる。

男の方って情熱的なのね、と言うと、アリシア様から怒られた。

「あなたがぬるいのよ。大体、あの偽義母と偽義姉はどうなったのよ。修道院暮らしだなんて、あなたにしたことを考えたら生ぬるくない？」

「でも、フェアファックス夫人の話によると……」

二人は別々の修道院に閉じ込められ、改悛《かいしゅん》の日々を送っている……ことになっている。

「オースティン夫人は重労働に従事させられていましたわ」

様子を聞きに行ったフェアファックス夫人は、満足げだった。

「まあ、重労働といっても水汲みくらいですけれど。めちゃくちゃ消耗しているそうですわ」

「まあ、お気の毒」

「お嬢様！　あんなにひどい目にあわされたというのに、なんですか、その呑気な反応！」

怒られた。

マジョリカもまだ生きているらしい。

「死んだほうがマシだと思っているだろうけどな」

その話になったとき、父は歯を見せて笑っていた。

「あやつは家に連なる者ではない。なにをしても誰もなにも言わぬ。長く生きてもらおう」

「ですけれども、アンナは……」

フェアファックス夫人は残念そうだった。

アンナは、みんなが嫌がる食肉用のブタの処理を任されているそうである。

「重労働ですし、品質を悪化させてはいけないので、いつでも寒いところで、そのうえ、夏場は臭うそうで……」

若い娘が嫌がると思って配属されたのだが、それはもう嬉々として働いているらしい。

私はアンナの悪意力を思い出した。首切り役人が適職と言われていたっけ。

「まあ、それはよかったではありませんか。適職ですわ」

そう言ったら、フェアファックス夫人だけでなく、アリシア様からも怒られた。

「ちょっとは、怒ったらどうなのよ？」

だって、ロジャー様と婚約したのよ？

自分が幸せだと他人の幸せも祈りたくなる。

「ところで……うちの父をフサフサにしたのは、あなたよね？」

アリシア様が睨《にら》んできた。

「あっ……オホホホ」

アリシア様に、バレてしまった。私の魔法力のことだ。

ちなみにリンカン先生は、あのあと、思いを寄せていた同僚の女性教師に求婚して、見事ハートをゲットした。これまで髪の毛がないと思うと、言い出せなかったそうである。

絶対、髪の毛とは関係ないと思う。だって、すぐにＯＫをもらっているのだもの。待っていたのではないかしら？

「まさかと思うけど、あなた、身長も自分で伸ばしているの？」

「まさか」

私は笑ったが、自分で言って、初めて気がついた。

「は！　そうだわ！」

私はガタンと立ち上がった。

「どうしたの？」

アリシア様が心配そうな表情で聞く。

どうして、今まで気がつかなかったのだろう！

髪を伸ばせるのなら、体型だって変えられるのではなくて？

身長も、胸も、お尻も。むちむち悩殺ボディか、スレンダー豊満美女か？

「ロジャー様のお好みを聞いてみなくては！」

「やめなさい」

冷静なアリシア様に止められた。

「そのままのあなたで、いいじゃない」

「私には向上心があるの！」

「それは向上心とは違うでしょう？」

その後反対を押し切りロジャー様にお好み《オーダー》を聞きに行ったら、即刻却下された。

「絶対にやめてくれ」

ロジャー様の真摯《しんし》な灰色の目が私を見つめた。

「君はそのままでいい。そのままの君が好きなんだ」


紆余曲折《うよきょくせつ》があったとはいえ、私たちは今や立派な婚約者同士。つまり公認。許された仲のはず。

それなのに、父ときたら含むところがあるらしい。

「フェアファックス夫人。頼りはあなただけだ。ルイズは大事な大事な大事な嫁入り前の私の一人娘だ」

一時的に帰宅していた父は、力説した。

「娘に近寄る害虫は、一切合切処分するように。なお、逐一報告を求める」

「かしこまりました、旦那様」

いってらっしゃーいと、愛想よく父を戦場に送り出し、はー、やれやれと私は息をついた。

一応、セバスもフェアファックス夫人も、父からお給料をもらっている。

父の命令は絶対だ。

ロジャー様をお招きして、自宅でお茶会を開くこともできやしない。

おまけに偽義母と偽義姉が活躍しすぎたせいで、父は放任はよくないと反省したらしい。新たな侍女ハンナが増えてしまった。監視体制は万全だ。

つまり気兼ねなく会えるのは学園だけ。

「ロジャー様ー」

「会いたかったよ、ルイズ」

ロジャー様の灰色の目が私の目を捉《とら》える。

大好き。

思わず人目もはばからず抱き合ってしまった。

「スチュアート侯爵家のお茶会への出席は、侯爵夫人が同席している場合に限ると釘を刺されてしまうし……」

「母は伯爵のことをよく知っているから……僕がルイズを呼んでほしいと言っても、ちょっと困ったように微笑んで、伯爵様の気に障らない程度にねって言うんだ」

ロジャー様は悔しそうだった。

「母も本当は君をもっと呼びたいと思うんだ。君のことは気に入ったらしくて。それなのに家まで送り迎えもできなくなってしまった」

そうなのだ。

再婚約前は、ロジャー様がうちまで迎えに来たり、送ってくださったりしたものだ。

しかし、婚約後は、馬車の中は危険だからという理由で、止められてしまったのだ。なぜ？

「ロジャー様と二人きりなんだから、なにも危険なんかないのに」

昼食時に、アリシア様とエドワード様と一緒になったので、私は愚痴をこぼした。

「……いや、ロジャーは単純だから、危険なんじゃないかなー」

エドワード様が、ためらいがちにおかしなことを言い出した。

「でも、ロジャー様は、武芸は一流で力も強い男性だって、皆様から認められていますのに」

おかしいわ。

「だからこそじゃないかと。ええと、ルイズ、あなたは頭脳は一流なのに、どうしてそこは残念な子なの？」

アリシア様までわけのわからないことを言い出す。

「まあ、ここまで無防備だと、ロジャーがより一層危険になるよね」

ランチをつつきながら、エドワード様がぼやいた。

ロジャー様は私の隣で、にこにこ私の顔を見つめ続けている。

「嫌だわ。ロジャー様。私の顔になにか付いています？」

「好きだよ。愛しい者の顔はどれだけ見ても見飽きることはない」

それを聞いてエドワード様とアリシア様が急にぐったりした。

「ちょっと。そういうことは人目のないところでやってちょうだい」

「人のいないところでコソコソ会わないようにってフェアファックス夫人に言われましたの。ですから食堂で。それに……」

もうすぐロジャー様は卒業する。エドワード様もだ。

その後、二人は王都の近くで新兵訓練を受けてから、戦地に向かうことになっている。お別れだ。

「結婚は、私が学園を卒業してからと決まっていますし」

「そうね。私もよ」

いつもは冷静なアリシア様も、少し寂しそうだ。

アリシア様は私より一学年上。したがって、結婚も私より一年早い予定だ。いいなあ。

「待っていて。ルイズ。必ず、一人前の戦士になって、戦争を終わらせて帰ってくるから」

「はい。待っていますわ、ロジャー様」

「浮気なんか絶対にダメだよ？」

「なにをおっしゃっているの？　あなたを思って待ち続けますわ」

卒業までの二年間、私はロジャー様の妻にふさわしくなるために静かに勉学に勤しむつもりだった。

「色々ありすぎましたものね、ルイズ」

二人が行ってしまったあと、アリシア様がおっしゃった。そして優雅に微笑みながら付け加えた。

「もう、カツラもメガネも必要ないわ。退屈なくらいかもしれない。でも、そのほうがいいわ」

十　婚約希望者登場

しかしながら、世の中、そんなに甘くなかった。

「ルイズ嬢」

卒業式が終わり、ロジャー様たちは出立した。感慨に浸っていた私の前にキラキラと現れたのは、金髪碧眼《へきがん》の目鼻立ちの整った男性だった。手には大きな花束を持っている。

私は目をみはった。

誰？　この人？

「これをあなたに」

蕩《とろ》けるような笑顔で、花束を捧げられた。

学園内で、こんな大きな花束をもらっても困る。

なんの花だかわからない、とにかく大きい花束を受け取った。というか持たされた。重い。

「りんどうの花言葉は、真実の愛」

私は花と花の間から、その人物を観察した。

私の金髪と違って色が濃い。目の色も深い青だ。どう見ても正統派美男子。ビシッと着こんだ服は最新の流行のものだと思う。

ロジャー様みたいな素敵な婚約者がいない令嬢方なら、頬《ほお》を染めそう。誰かしら。

「お隣に座ってもよろしいでしょうか」

「いいえ。初めてお目にかかるのではありませんか？」

キチンと拒否した。

「初めてではありません」

そうきっぱり否定すると、彼はサッと素早い身のこなしで隣に腰かけた。

「あの……」

どうしてここに座るの？

「あなたの横に座れるだなんて夢のようです」

座っていいとは言っていませんけど。

「それより先にお名前をうかがっても？」

私は聞いた。名を名乗れ。名前の知らない殿方に、隣に座り込まれるだなんて嫌だ。すると、彼はわざとらしいくらいに驚いて答えた。

「ご存じのはずですよ」

なんだか、私が悪いみたいな言い方だ。私は困ってしまった。でも、本当に見覚えがないのですが。

「あなたの婚約者候補のウォルマス侯爵家の次男、リチャード・ウォルマスです。以前、お父上からご紹介をいただきました」

そういえば……そんな話もあったような？　絵姿も送られてきていたような。でも、まったく見なかったような？　そして、婚約者候補のって、現在進行形ではないと思うの。

「あなたを一目見て以来、忘れられなかった。その愛らしさに、心を撃ち抜かれました。まるで花に惹《ひ》かれてやまぬミツバチのようです。一度、食堂で話しかけたことがありましたね」

ということは、ロジャー様がせっせと追い払っていたご令息軍団の一員だったのか。

「ロジャー殿との話は聞いています。でも、彼は別な婚約者がいたうえ、内心では平民の娘を愛していたとか」

その娘が私だったのですよ。あなたに説明する必要はないと思いますけど。いや、いっそ説明したほうがいいのか。でも、聞く気あるかしら。

「ロジャー様との婚約が正式に決定しましたの。ですので、今となっては他の殿方とお話しすることもまずいと思いますのよ？」

「そんなことはないと思います。だって、あなたは、跡取り娘なのですから、あなたの意思が一番大事だと思うんです」

リチャード様はにっこり笑った。まさか決まった婚約を真っ向否定されるとは思わなかった。

「私は自分の意志でロジャー様を選んだのですわ」

「家の都合で結婚を決めることはよくあります。だから、どの婚約も契約書に気持ちが変わった場合の特約は絶対書いてありますよ。両家が話し合って合意に至れば、解消だってあり得ます」

「わ、私はロジャー様がす、す……」

なんだか雲行きが怪しいので、私は自分の気持ちを伝えようとした。でも、意外に好きって言えないものなのね。

「ロジャー殿はいつ帰ってこられるかわかりません。彼は、今後も軍人であり続けようとするでしょう。王都にいるとは限らない。でも、僕は王宮に勤める文官になるつもりです。だから、あなたとずっと一緒にいられます」

私は立ち上がった。こんな人と長く話をする必要はないわ。だが、リチャード様は私を押しとどめた。

「待ってください、ルイズ嬢。もうすぐ学園のダンスパーティがあります」

ダンスパーティ？

「あなたは二年生になったのでダンスパーティに出席できます。だけど、パートナーがいない。戦場に行ってしまったからです。それも、結構嬉しそうに」

ちょっとだけ、グサッときた。

私の唯一の悩みは……認めたくもない、存在しないはずの悩みは、ロジャー様が喜んで戦場に行ってしまったことだった。

ロジャー様の気持ちはわかる。あれほどの力があるのですもの。きっと自分の力を試したいのだと思う。

でも私は寂しかった。

学園のダンスパーティも、一緒に出ることはないだろう。

「国を守るロジャー様を私は誇りに思っていますわ」

チビで小柄な私だけど、精一杯背を伸ばし、できるだけ堂々と見えるように気をつけながら宣言した。

だが、リチャード様はニヤリと笑った。

「なるほど。それを聞いて安心しました。まさか、あなたはロジャー殿にその大事なお仕事を放棄しろなんておっしゃいませんよね」

「え？　ええ。それは、もちろん言いませんわ」

なんなのかしら？　なにか裏でもあるのかしら。私は、リチャード様の反応に不安になった。

「あなたの決意を聞いて我々一同、胸を撫《な》で下ろしました」

「我々一同？」

ハッとして後ろを振り返ると、私の背後には、どこかの令息たちが四、五人、ずらりと並んでいた。彼らは、にっこりと微笑みかけてくる。

リチャード様は、嬉しそうに令息軍団に向かって宣言した。

「聞いたか？　ルイズ嬢は、ロジャー殿の帰還を将軍に求めたりしないと誓ってくださった。これでロジャー殿が帰還する危険はなくなった」

え？

「敵は不在。前回はロジャー殿に邪魔されたが、今回、ルイズ嬢にアプローチするにあたって怖れるものはなし」

「は？」

思わず令嬢らしからぬ変な声が出た。

「ロジャー殿は絶対帰れない。ルイズ嬢が我々の目の前で、戦場からヤツを呼び戻したりしないと誓ってくださったのだ」

「私が望んだら、彼は帰ってこられるものなの？」

思わず尋ねてしまった。

「もちろん！　あなたは将軍閣下の愛娘ではありませんか。お父上に頼めば簡単でしょう。でも、今、そんな手は使わないとおっしゃいましたよね？　言質《げんち》、いただきました！」

私は慌てた。いえ、あなた方が知らないだけで、私がロジャー様を返してほしいなどと言おうものなら、父は真逆のことを仕出かすわ。それに、第一、ロジャー様に嫌われてしまうかも。

だが、そんなことを言う暇もなかった。

「ダンスパーティのパートナー目指して、私ども求婚者一同、心を込めて、お誘い申し上げます！」

「頑張ります！」

「ぜひ、お相手を！」

大勢の男性からのキラキラした目と、意欲にあふれた言葉の数々に私は圧倒されそうになった。

なんなの、これ。遅れてきたモテ期なの？

「いえ、間に合っていますから！」

全面的にお断りしてしまった。だが、リチャード様は真剣な様子で首を横に振った。

「間に合っていませんよ？　今ここにあなたの王子様はいないのです。夜空に月が不在なのです。漆黒の夜です」

え……なに、言ってんだろう。ポエマー？

「輝く金髪、夢見るような青い目。おまけに、あなたは前代未聞の秘密の魔法力をお持ちだとか」

リチャード様は探るような目つきで、私の顔を見た。

「え？　前代未聞の魔法力？」

それは……もしかしてアレのこと？　バレたのかしら？　私は青ざめた。

一方、リチャード様は突然、食堂の床に片膝をつき、私の手を取った。

なにしてるの？　なにしてるの？　みんなが見てるじゃないの！

スッとリチャード様の手が私を引き寄せる。彼は耳元まで頭を近付けると、囁くような小声で言った。

「あなたの秘密を聞きました。あなたの力は、強力かつ人の人生を変えるほどのものだと。ですが、誰も詳細を語ってくれないのです。決して人には話せないと、あのリンカン先生までがおっしゃるのです」

リンカン先生、なにしゃべっているのっ。

そういや、リンカン先生は結婚したわね。確かに人生、変わったかも。でも、リンカン先生の変化を見れば、なんの魔法力か瞬時にわかりそうなものだけど。わかってもらっても困るけど。

「人を幸せにする力だとうかがいました。しかし絶対の秘密だと」

私はこの危機にひるんだ。

それに目ざとく気づいたリチャード様は、目をきらりとさせて私を見つめた。

「嘘かと思っていました。しかし、事実だったのですね？　あなたは天使だと」

私のバカー。

ここで「なーんのことかしらああ。ぜーんぜん思い当たりませんわあ」とか、かましておけばよかったものをっ。

「あなたをもっと知りたい」

リチャード様は囁いた。

私は真っ赤になった。それを見て、リチャード様は嬉しそうに、しかし人が悪そうにニヤリと笑った。

「今日はここまでとさせていただきます。あなたを怯えさせるのは、本意ではない。喜ばせることこそ、我らの願い」

……放っておいてくれるのが、一番喜ぶんですけど。

意《い》気《き》揚々《ようよう》と去っていく軍団を、私は呆然と見送った。ちなみに自称求婚者軍団が去っていったのは、フェアファックス夫人がメガネを光らせながら迎えに来たためである。夫人は極めて懐疑的な目つきで、彼らの後ろ姿を見つめた。

「あれはなんですか？」

なんですかと言われても。

「ええと、あの、求婚者？」

思わず疑問形になってしまった。

「なんですって？」

フェアファックス夫人が、怪訝そうに聞いた。

「婚約者は旦那様の反対を押し切って、ルイズ様のご希望でロジャー様に決まったばかりではありませんか」

ルイズ様が彼らを呼び集めたのですか？　と言わんばかりの目つきでフェアファックス夫人が見てくる。

「それなのに、どうしてあんなに大勢の令息たちに取り囲まれていらっしゃったのです？」

冤罪《えんざい》だわ！　私が呼んだのではありません。向こうから来てしまったのよ。

「あの人たちは、お父様が婚約話を進めていらしたウォルマス侯爵家のリチャード・ウォルマス様他四名ですわ。学園のダンスパーティのお相手に立候補するとおっしゃっているのです。ロジャー様がいらっしゃらないので、私、今年のダンスパーティは出席しないつもりですのに」

「まあ、お嬢様」

フェアファックス夫人は呆れたように言った。

「一難去ってまた一難。ロジャー様の次はリチャード様ですか」

ロジャー様は、一難ではないと思うの！

それはともかく、私はロジャー様の公開イチャラブの正しさを痛感することとなった。

アリシア様とエドワード様には、ばかっぷるとか言われたけど、あれはこういう事態を避けるための深謀遠慮《しんぼうえんりょ》だったのね。さすがはロジャー様。

「絶対違う」

お昼を一緒に取りながら事情を聞いたアリシア様は、ぼそりと反対意見を述べられた。

事件があった翌日から、私はアリシア様と一緒に昼食を取ることにしたのだ。一人より二人のほうがまだマシだ。

時折、顔がへのへのもへじにしか見えないどこかのご令息がやってきて、食事に同席したがる。

「アリシア様と二人でお話ししておりますので」

そして、二人でキッと睨《にら》む。

威力二倍。二人とも、婚約者持ちですものね。

そして、追い払う。

まあ、リチャード様はこんな正面突破＆敗退みたいな愚策は取らないので追い払うこともできない。

「それにしても、困ったわねえ。主犯は、リチャード様なのね？　あの詩人の」

私の事情に巻き込まれた気の毒なアリシア様は、眉を下げた。リチャード様はアリシア様と同学年なので、リチャード様のことを知っていらっしゃるらしい。

「詩人？」

私は耳をそばだてた。どういうことかしら？

「あー、いえ、なんでもないわ。ちょっと言い方が詩的すぎるだけよ。優秀な人よ？　成績もいいし、顔も整っているし、身なりも……ちょっと独特で浮いているかもだけど、気を遣わなすぎるよりはずっといいわよね」

アリシア様、褒めているのか貶《けな》しているのかよくわからない人物評ですわ。

「リチャード様にしてみれば、ロジャー様の不在はチャンスなのかしら」

チャンスなわけがないでしょう？　婚約しているのですよ？

そう言うと、アリシア様は首を傾げた。

「よそ様のおうちの事情だから、知っていても政略によるものだと思っているかもしれないわね。二人の間に、気持ちはないと」

私はちょっとムッとした。アリシア様は続けた。

「大体、ついこの間まで、ロジャー様はあのアンナの婚約者とみなされていましたもの。アンナは、ある意味、有名でしたからね」

あのアンナの婚約者と思われていたなんて。ロジャー様、今更ながらつくづく不憫《ふびん》。

「それに、ロジャー様は婚約者がいるのに、平民の娘を愛しているとずっと言われていたわ」

あ、それ、私です。平民の娘風味の伯爵令嬢ですわ。

「だから、あなたとロジャー様の突然の婚約は、納得がいかない……ええと、ただの政略だと思っている人も多いと思うのよね。そのうえ……」

うーん。食堂でのイチャラブ作戦、あれでもまだ不足だったということね。あれ以上、なにをすればよかったのか……私は妄想にふけり始めたが、アリシア様は情け容赦《ようしゃ》なく現実を説明し続けた。

「それに、あなたのお父様がロジャー様を本心では気に入っていないって噂になっているのよね。父からの手紙に書いてあったわ。ロジャー様が気に入らず、戦場でもチマチマした作戦に投入して、イライラさせているって」

むう。それは初耳だった。

というのも、私はロジャー様からのお手紙をもらえていないのだ。

軍の最高責任者という地位を最大限活用して、父はロジャー様の手紙を検閲《けんえつ》しているらしい。気に入らないとボツにする。つまり、送られてこない。

お父様、やっていることが、元偽義母と同レベルなんですけど。

「うちの父が、『ロジャー殿が気の毒で毛が抜ける思いです、帰ったらよろしくとルイズ嬢に伝えてほしい』と書いてよこしたわ」

それは……帰ったら、ハゲ治療魔法をぜひともお願いしたいと言いたいのだろうか。

「なんて下心あふれる手紙かしら……」

そうつぶやくと、アリシア様はにこっと笑った。

「あら、でも、父は信用できるのよ。あなたの手紙をこっそりロジャー様に渡してくれてますもの」

それには感謝している。でもロジャー様の返事が読みたいの。

「あなたはうちの父の弱みを握っているから、父も協力してくれるのよね。そして、あなたのお父様は、そのことを全然知らないから」

　そういえば、私の父は私のハゲ治療の魔法力を知らない。

「黙っておきましょう。敵を油断させるために。まさか自分の忠実な副官が、ロジャー様＆ルイズ嬢の手先だなんて、オースティン将軍は思ってもいないと思うわ」

　相変わらずアリシア様は賢明だ。私は頷いた。

「ところで、今日は出ないわね、リチャード・ウォルマス」

　アリシア様はキョロキョロとあたりを見回した。まるで淑女らしくないけれど、警戒は重要だ。

　この間は、私たちが食堂を出た途端に扉の陰に潜んでいたリチャード様が現れ、私の歩幅に合わせてずっと教室まで付きまとい、重い愛の言葉を投げかけ続けた。その前は、帰宅直前に小柄な私には抱えきれないほどの花束を進呈され、重いでしょう？　お持ちしましょうと自邸まで付きまとわれた。

「今日は無事みたいね」

「リチャード様以外の方は、撃沈させましたからね」

「もう、リチャード様以外は残っていないと思うわ」

　私たちはクスクス笑い合った。

　ロジャー様がいるのですもの。全員お断りせざるを得なかった。だけど多少事情はわかる。ご令息方だって、結婚はしなくてはならない。

「婚活が大変なのはわからなくはありませんが……跡取り娘で条件がいいからって、大勢が来るのですもの」

私はため息をついた。

「ルイズ、それは違うと思うわ、あなたは自分で思っているより……」

なんとなく歯切れ悪く、アリシア様はなにか言いかける。

「アリシア様がいらっしゃらなかったら、私、皆様の恨みを買って大変なことになっていたかもしれません」

そうなのだ。婚約者がいるのに、あれだけ派手に男性から声をかけられていたら、他の令嬢方からなにを言われるか知れたものではない。ましてや場所は食堂。目立って仕方ない。

だが、アリシア様のおかげで事態は好転したのだ。

「まさか、アリシア様の能力がこんなところで発揮されるとは」

「ええ。本当に……」

アリシア様がものすごく微妙な顔になった。

「まさか、鉱石判定力が人間にも応用が利くだなんて」

アリシア様の鉱石判定力は、鉱石だけが対象ではなかった。

中身のわからないものすべてが対象だったのだ。

アリシア様の能力が花開いたのは、食堂で、とある子爵家の次男の方が強引に私たちの隣の席に座り話しかけてきた時だった。

「オースティン嬢、ダンスパーティのパートナーには、ぜひ私を選んでいただきたい。私にとって、あなたは誰よりも望ましい方なのです」

父がロジャー様との婚約を一瞬でも解消したから、こんな方が出没するのよ。

彼はリチャード・ウォルマス様と一緒にパートナーに立候補したうちの一人だった。アリシア様も困った顔をしている。

「あなたにとって、ふさわしい方は他におられると思いますわ」

私がそう答えた瞬間、アリシア様の頭には一人のご令嬢の名前が濃いピンク色で繰り返し流れていったそうだ。

『サマンサ・シモンズ嬢、サマンサ・シモンズ嬢、サマンサ……』

そして、運よくというのか、サマンサ・シモンズ嬢その人が、たまたまアリシア様の目の前を通り過ぎていった。

「サマンサ様！」

自分でもよくわからない衝動に駆られて、アリシア様はサマンサ嬢に声をかけ、無理矢理座らせ、子爵家の次男との会話にまぜ込んだ。

相当強引だったと思うのだが、ものすごく自然な流れで二人はうちとけて、アリシア様と私が席を立っても全然気がつかないほどだった。

「あれはすごかったわね」

「ええ……」

伯爵家というご身分にふさわしく冷静で近づきがたい感じさえするアリシア様には、およそ似つかわしくないようにも思える縁結び魔法。しかもほぼ百パーセントのマッチング力を誇るという。

お断りするそばから、新たに相性抜群の新しい令嬢を紹介してもらえる新システム爆誕と相なった。

「一応、秘密でお願いね」

「もちろんですわ」

ハゲ治療魔法とマッチング魔法は、魅力がありすぎる。

「あなたの気持ちがわかった気がするわ」

アリシア様はため息をついた。

そんなこんなであらかたの令息は始末をつけた。四人ではなくて、その四人が友達を連れてきたので、七、八人のマッチングはやったと思う。全員に秘密を守るようお願いした。

「未婚の男女しか、この学園にはいないのよ？　希望者でいっぱいになってしまうわ」

それでも情報が漏れているのか、物欲しそうにしている令息、令嬢は多い。

なので、私はアリシア様に料金を取ることを提案した。

これはもうかるわ。

「なんでしたら、マネージャーを引き受けますわ、アリシア様」

やる気満々でそう言ったのだが、アリシア様に、またたしなめられた。

「ルイズ。いつになったら、アリシアと呼んでくれるの。それにあなたは伯爵令嬢なのよ？　そんなお仕事、する立場じゃないでしょう？」

残る問題はリチャード様だけ。ただリチャード様の場合、アリシア様がどんなに目を凝《こ》らしても、なにも名前が浮かび上がらなかった。

「その人の名前を、アリシア様がご存じないってことかしら？」

アリシア様は、リチャード様を凝視しながらわからないと言った。

だが、なにかが見える気がすると言って五分ほど頑張っていた。そして、読み上げた。

「ル、イズ……オース、ティン……」

毛が逆立った。

「うそでしょう？」

だが、振り返ったアリシア様は、目をキラキラさせていた。

「わかったわ！　ルイズ！」

「なにが？　なにがわかったの？」

なんだか悪い予感がしたが、私は尋ねた。

「わかったのよ。色の濃い、薄いの意味が！」

「はい？　色の濃淡？」

アリシア様は珍しく興奮して、嬉しそうだった。

「最初のサマンサ様のときは、濃いピンクだったの！　実際にほぼ一目惚れだったでしょう？」

あの二人は、お互いにすぐに相手が気に入って、学園のダンスパーティでもパートナーとして出席する予定になっている。両親も良縁だと大歓迎で、とんとん拍子だ。

「でも、リチャード様の文字は読めないくらい薄いのよ。つまり、可能性はほとんどないと……」

「だけど、相手は私なの？」

アリシア様は、ピタッと黙ったが、考え考え言った。

「うーん。相性はいいのかも」

相性がいい？　そんなことないと思うわ！　困るわ！

「これはむしろ私の能力の問題よね。リチャード様の件、協力するわ。どうなるのか興味があるわ」

そこで彼女は私の表情に気がついて、慌てて慰《なぐさ》めてくれた。

「成立の可能性はほぼゼロだから。安心して」

「ま、まあ。百パーセント保証のマッチング魔法のお告げですもの。信用していますわ、アリシア様」

私は弱々しく答えた。

その日、私たちはどこの令息の突撃も受けることなく食事を終え、私はのびのびと自宅に帰った。

爆弾が待っているとは知らずに。

「お嬢様、またリチャード・ウォルマス様からお手紙が……」

「また？」

最近、頻繁に送られてくるウォルマス侯爵家からの手紙とプレゼント。

なんとかお断りしたいところなのだが、リチャード様は意外と賢い。あんな濃いめの口説き文句を連発するくせに、手紙にはそんなセリフは書かないのだ。

手紙の中では、あからさまにデートをねだったり、好きですなどと直球の言葉で勝負には出ない。紙に書かれたものは残ることを承知しているのだ。

婚約者がいる女性に送っても問題なさそうな内容しか書かない。授業の中身についてだったり、先生からの伝言を伝える内容だったり。

文面も長くなく、いかにも事務的で、どこに出しても多分恋文とはみなされない。だが、この間、先生からの呼び出しとやらに応じたら、ちゃっかりリチャード様が同席していて驚いた。リチャード様はそれはそれは嬉しそうだった。帰りは当然送られた。

そうなのだ。リチャード様はどうも本気らしいのだ。濃い金髪の彼は、単純明快なロジャー様と違って、油断も隙もない人物で、私は散々振り回された。それに、会うととても嬉しそうで、それでいて切なげな光を目に浮かべている。ものすごく困った。

プレゼントもできるだけ冷たく突っ返してはいるものの、なんとなく良心の呵責《かしゃく》を感じさせる絶妙な選び方なのだ。

この上なく愛らしい表情の、小さな灰色のふわふわのウサギのヌイグルミ。値が張るものではないけれど、つぶらな瞳がいじらしい。

青いワスレナ草《ぐさ》の可憐な花束。受け取らなければじきに枯れてしまうだろう。最近流行《はや》りの貴重なアイスクリーム。返したら溶けてしまう。是非ご賞味くださいと、作ったコック自らが届けに来て、お気に召しませんかと心配そうに私を見つめてくる。わざわざ事情を知らない者に贈る役をやらせているのね。あざといわ。

お友達の子爵令嬢は、婚約者から愛の証とかいって、血でハートの形と『愛』の文字が描かれた自作の図？　絵？　を贈られて困っていたけど、それに比べれば格段に巧妙。ちなみにお友達の子爵令嬢はその後、破談になった。

その日、アリシア様と別れて家に戻った私に、侍女のハンナは妙な態度で、本日のリチャード様からの贈りつけ品を渡しに来た。

「お嬢様。あの、今日のお手紙は少しいつもと違うようですわ」

ハンナはプルプル震えながら手紙を差し出した。

ハンナは、これまで下女のようにこき使われていたご令嬢（私）を、本来の身分にふさわしく指導し飾り立てるよう言い含められて採用されたのだが、初日から立場が逆転していた。つまり、侍女職の技量に関しては私のほうが数段上だった。

炯眼《けいがん》のフェアファックス夫人だって、自分が不在の間に、私が伯爵家主催のお茶会だのパーティだのをつつがなく取り仕切り、執事の代わりに偽義母と偽義姉のドレス代や宝石代の値切り交渉に活躍したことや、お茶の淹《い》れ方はアリシア様をうならせるほどで、髪の結い方からドレスの着付け、化粧に至ってはメイクアップアーティストと呼ばれる存在にまで急成長を遂げていることまでは、想像もしていなかったようだ。

その技量をもってしても、偽義姉のアンナ様は手の施しようがなかったのだけど。

　それはともかく、ハンナは速やかに私の弟子になり、主人たる令嬢から侍女仕事の手ほどきを受けるようになってしまった。つい、いつもの癖《くせ》でハンナをどこかの公爵令嬢のように着飾らせ、化粧を施し別人のように仕立て上げて、作品然としてフェアファックス夫人の前に披露したときの夫人の驚愕《きょうがく》ぶりは忘れられない。

　自室で手紙を書いていたフェアファックス夫人は、ペンを取り落とし、大慌てで立ち上がって尋ねた。

「失礼いたしました。ど、どなた様でございましょう？　私、本日の来客予定をよく確認していなかったのかもしれません……」

　そのあと私とハンナは、フェアファックス夫人にめちゃくちゃに叱られた。

「飾り立てるのは、ルイズ様のほうで、ハンナじゃありません！」

　そんなこんなで、ハンナは最初の教えてやるぞ的な態度が豹変して、小さくなって暮らしている。元々の性格が小心者なのかもしれない。彼女のほうが私より大柄だし、年上なんだけど。今日も、手紙を差し出す手が震えている。

「いつものリチャード様からのお手紙でしょ？」

　とはいえ手紙を見て、ハンナがおびえ気味な理由はわかった。

　手紙はいつもの優しい色合いの小ぶりの封筒ではなく、侯爵自身が使うような大型白封筒で、でかでかと封蝋《ふうろう》が押されていた。ものものしい。何事かしら。

「今度はなにをおっしゃってきたのでしょう？」

ハンナがおそるおそる聞いてきたが、私のほうが知りたいわ。

侯爵家の紋章を金であしらった正式の用箋を使っている手紙を開くと、中身はたった一行だけだった。

『お前の秘密を知っている』

「は？」

思わず声が出た。

いつものリチャード様の手紙と様子が違う。

秘密……。秘密といえば、あのことかしら。そう。ハゲ治療魔法。

「お、お嬢様をお前呼ばわり！」

ハンナはぶるぶる震え出した。

いや、問題はそこじゃない。

「お嬢様！　フェアファックス夫人に言いつけましょう！」

いくら万能だからと他家が絡むことにまで、フェアファックス夫人を持ち出してはいけないわ、ハンナ。万能だけど。

「……この手紙のことは、黙っておいてちょうだい、ハンナ」

「え？　なぜですか？　山ほど失礼だというのに」

私は全身冷や汗をかいていた。ハンナは不満そうだったが、追及されたり調査されたりしたくない。

「ホホホ。大した問題じゃないわ。きっとリチャード様の冗談よ、冗談」

いや、本当に冗談ではない。ハゲ治療魔法がバレたら、伝手《つて》をたどって哀願しに来るかもしれない中高老年貴族の顔を私は思い浮かべた。迫りくるハゲ頭集団。確実な治療法がついに確立されたのだ。それも根本から……いや、毛根から。

リンカン先生の浮かれようを知って以来、私は現実の恐ろしさを悟ったのだ。

「ホホホ。捨て置きましょう。悪い冗談よ。もうきっと来ないわ」

「そうでしょうか……？」

ハンナの不安は的中し、事態は翌日急展開した。

「お嬢様……」

次の手紙が来たのだ。

私はハンナからひったくるように新しい手紙を奪い取り、自室で一人で読んだ。

『あなたの秘密を知っている。ばらされたくなければ、ダンスパーティに出席して、僕と踊ってほしい』

署名は『あなたを愛するリチャードより』。それから『この手紙は燃やしてほしい。実らぬ愛ならいっそ灰にして』

ラブレターのつもりなの？　これ、脅迫状よね？

「誰がバラしたのかしら？」

私は手紙を握り締めた。

リンカン先生も、ベドフォード伯爵も絶対に完全黙秘を貫いているはずだ。

二人には、二人分の魔法力しかないと厳重に言い渡してある。

「もっと身分が上の人々にバレたら、そちらに力を注がなくてはならなくなります。当然、薄くなるか、元の木阿弥《もくあみ》か……」

「ルイズ様！」

二人は悲痛な声を上げ、絶対服従を誓った。

ベドフォード伯爵が、若かりし頃と同様に栗色のつやのある髪をふさふさとなびかせながら夫人のもとを訪れたときの夫人の驚きようは「筆舌に尽くしがたかった」「初めて会ったときの感激を思い出した」らしい。

うっかり感激しすぎて、夫人がご友人方に『なくなったはずの夫の髪を見て号泣した』などと書き送り、慌てて弔問《ちょうもん》に駆け付けた親友までいたというのだから、罪作りである。遺髪ではあるまいし。『もう二度と夫の髪は拝めないものと思っていました』というが、下半分の髪はどうした。毎日、見ていたんじゃなかったのかしら。

リンカン先生も、日ごろの無愛想はどこへやら「妻に思いを打ち明けることも、あの頭では絶対に無理だったたと思う。もう十歳は若返った思いだった。自信がみなぎってきて、思い切って告白したんだ……」などと言っていた。

なんで、こんな話を聞く羽目になったのかは忘れたが、おそらくあの二人からはバレない。アリシア様も口は堅い。あとはロジャー様とエドワード様くらいだけど、おそらくふたりともリチャード様とは接点がない。というかロジャー様はリチャード様のことを一方的に嫌っていたような気がするわ。

そこでようやく気がついた。

そうだわ。見ればわかることよ。

誰も口を割らなかったとしても、使用前使用後の歴然たる差。リンカン先生は普段から帽子を愛用していたので、そこまで目立たないかもしれないけれど、見る人が見れば一目瞭然《いちもくりょうぜん》。あとは誰の仕業かということだけ。

「アリシア様、どうしましょう」

私は翌日、アリシア様に相談した。だって、他に相談相手がいない。アリシア様はううむと考え込んだ。

「ばらされるのは困る。お父様が半球ハゲに戻ってしまうわ。敵の要求は、ダンスパーティへの出席と一曲踊るだけなのよね？」

「おそらくは」

エスコートをしたいとまでは書かれていない。入場のとき、一緒に入るエスコートはマズイ。誤解を生むだろう。

「ロジャー様に身の潔白をどう伝えたらわかっていただけるか。こんな脅迫に屈するとは！」

私は苦悶した。

「身の潔白は証明できると思うけど」

アリシア様はどことなく歯切れ悪く言ったあと、助言してくださった。

「後半、お相手が入り乱れる頃を狙って、一曲踊るくらいなら、ロジャー様にバレない……いえ、問題にならないんじゃないかしら」

「そ、そうでしょうか？」

ロジャー様はなんというか、他の男性の存在にうるさい方なのよね。まあ、そんなところも魅力なんだけど。

「それくらいなら。ダンスの間中、口説き倒されるでしょうけど」

リチャード様のおかげで、私もロジャー様以外の男性にも耐性が付いてきた。

「パーティに出ることは、他の方には黙っておきましょう。リチャード様にさえ伝わればいいわよね」

そうと決まれば、負けてはいられない。私は堂々と返事を書いた。

相手は侯爵家だが、うちの伯爵家だって、紋章もあれば印璽《いんじ》もあるんだから。そのほかに正式な用箋も。

『受けて立つ』

私はさらさらと書き込んだ。

横から覗《のぞ》き込んでいたハンナが尋ねた。

「果たし合いですか？」

「ダンスパーティのお誘いへの返事よ」

「……積極的なお返事ですねえ？」

そうかしら？


そして決戦の日がやってきた。ダンスパーティ当日である。

「絶対参加しないつもりだったのに」

私は愚痴った。

「まあ、でも、お嬢様。学園時代に一度くらい参加なさってもいいではありませんか。エスコートしてもらうわけではありませんし」

ハンナが慰《なぐさ》めてくれた。フェアファックス夫人も、頷いている。

「ルイズ様、お似合いですわ。とてもお美しい」

ああ、これでロジャー様さえいてくれたら。二人でダンスパーティに出るのが、私の夢だったのに。

ロジャー様からは、お父様の各種ちまちました攻撃を副官のベドフォード伯爵のそれとない援護でかわして、最前線で戦っていると手紙があった。ベドフォード様の代筆だけど。わざわざベドフォード伯爵の援護云々と書いてくるあたり、どうも伯爵の下心を感じるけど。

父の検閲《けんえつ》は続いているらしい。ロジャー様が書いた手紙はちっとも届かない。アリシア様情報が唯一の頼りだ。

「エドワード様もロジャー様も、最前線で火炎放射攻撃をしているそうよ。あだ名は火焔風魔《かえんふうま》の軍神ですって」

誰のネーミングセンスなのかしら。

それにしても最前線だなんて。名誉なことかもしれないけれど、ケガなどしないかしら。

私たちは心配して、ともすれば暗い気持ちになりがちだった……というのに！

「ああッ。なんて美しい！　思ったとおりだ」

できるだけ目立たないようにと、少し遅れて入った学園のダンスパーティの会場。

なぜだか知らないけど、私はあっという間に、目をキラキラさせたリチャード様に見つかってしまった。無駄にイケメンな顔が目に入り、うっかり悲鳴を上げそうになる。

「どこへ行くの？　愛しい人。そちらは厨房《ちゅうぼう》だ。こちらへどうぞ。ルイズ嬢」

この男、足が速い。あっという間に行く手をふさがれた。

「ああ。目は砂漠の夜に輝く星のよう、その髪はまるで天使の祝福を受けた金の冠」

ポエムるのはやめてほしい。恥をかかされている気がする。

「お手をどうぞ」

手を握られた。

まじまじと見つめられて、視界がリチャード様の顔でいっぱいになる。そして、気がついた。リチャード様は歯並びが美しい。他に見るものがなかったので。

「あなたを食べてしまいたい。愛らしく、美しい。僕にあなたを語るだけの語彙《ごい》があればいいのに」

「じゅ、十分ですから」

時々披露されるリチャード様の詩的センスを思い出して、私は身震いした。

「形だけとはいえ婚約中なのだと思うと、言いたいことの半分、いや十分の一も言い尽くせない」

形だけじゃありません！　本当ですって！　大体、他人の婚約者をなんで口説いているのよ！

「リチャード様、私、今まで、あなたにお知らせする必要はないと思って、ロジャー様とのなれそめを語らなかったのですが……」

私がロジャー様への思いを語ろうとしても、リチャード様はまったく話を聞いておらず、これ見よがしにため息をついた。

「せめてプレゼントに思いを込めるのみ」

「ええ？」

思い？　むしろそれは呪い？　あのプレゼント、呪われていたのか！　なんだか毛が逆立った。

だが、そのとき、会場の片隅がザワザワし始めた。

入り口のほうだ。

小さな悲鳴も聞こえてきた。そして、入り口からここまでの人波が自然に二つに割れて道が開く。

なぜ？

「誰か来たのかな？」

黒っぽい人影が見えてきた。背の高い、堂々とした男性だ。こちらに向かって歩いてくる。

「あ、あれは！」

私は一瞬にして我を忘れた。ついでに、リチャード様のことも忘れた。

ロジャー様だ。

私の目は特別仕様で、ロジャー様だけはどこにいてもすぐわかる。その姿、体を動かすときの癖《くせ》、歩き方、全部全部記憶している。

私は走り出した。

「ロジャー様！」

ロジャー様が戦場から急いでやってきたことはすぐわかった。だって、戦闘服のままだったんですもの。

歩くたびに、背中からなにかがキラキラと舞い上がっている。ピタリと体に合った夜会服姿も素敵だったけど、無機質な戦闘服は、圧倒的な男らしさを感じさせる。

ロジャー様は、なにも言わなかった。彼は一直線に私を見据えていた。

灰色の目がいつにも増して鋭い。私は、彼を見つめ返した。

会いたかった。嬉しい。

それなのに、眼差しがなんとなく刺すようだわ？

彼は私のそばまで来ると、手を取った。

「ルイズ、浮気をしていたと聞いた」

私は目を大きく見開いた。

「浮気？」

「来ずにはいられなかった」

灰色の目はますます鋭くなる。私はわけがわからなくなった。

「ルイズ。君がもし他の男へ心を移したというなら……」

なにを言っているの？　私はロジャー様に射すくめられたようだった。

「そいつは殺す。ウォルマス家のリチャード」

………あー。なんだ。あれかー。一気にテンションが下がった。

「彼のためにダンスパーティに出ると聞いて」

まあ、確かに結果としてはそうかもしれないけど。

「来たんだ、ここへ」

そんなことのために馬を飛ばしてきたの？　大変な距離なのに。

嬉しい。大事に思ってくれていたんだ。ほっとした気持ちが大洪水になってあふれ出す。

私のことを忘れていたわけじゃなかったんだ。優秀さを評価され続けている戦に夢中なわけじゃなかったんだ。

「ルイズ、どうして泣いているの？」

突然、ロジャー様の声が心配そうな調子に変わった。彼が私の顔を覗《のぞ》き込む。

「え？」

私はびっくりした。自分が泣いているだなんて思わなかった。

「ああ、ごめんなさい。嬉しいの。あなたに会えた。あなたとダンスを踊るのが夢だったの」

この言葉を聞いてロジャー様の表情が変わる。目に困ったような色が浮かんだ。

「こんな手で君に触れたら、君が汚れてしまう」

私は首を横に振った。そんなこと、どうでもいい。

彼は私に手を差し伸べ、私は万感の思いを込めて彼に手を預けた。

みんなが見つめていた。

それはそうだ。みんなが華やかに着飾って出席している。そこへ、ロジャー様は明らかに異質だ。

革のブーツ、黒っぽい戦闘服、髪も乱れ気味で……でも、死ぬほどかっこいい。美形はなにをしても美形だわ！

彼に導かれて、ダンスホールの真ん中に出た。

「ロジャー様……かっこいい。素敵」

ロジャー様の灰色の目が、一瞬大きく見開かれて……和らいだ。

「ルイズ。可愛い。そんなドレスを着ているとまるで夢で見た砂糖菓子みたいだ。食べたくなる」

大注目の中、曲が始まった。

全員が見つめていた。私たちのダンスを。

まるで戦神と踊っているよう。

「なぜ、ここへ来たの？」

「君に変な虫が付いているって知らせてくれた人がいたのさ」

ロジャー様は私の顔を見つめたまま、ちょっと怖い顔で言った。

「虫？」

「あのリチャードだ」

私はおかしくて笑った。ロジャー様の手に力がこもった。

「リチャードはなんて言ってきたのだ？」

「変な脅迫状と、呪いの品を山ほど送ってきたわ」

「脅迫？」

ロジャー様が再度眉を寄せた。

「だって、パーティに出なければハゲ治療魔法が使えることをばらすって言うんですもの。ハゲ老人に取り囲まれたらどうしたらいいの？」

曲が終わったとき、なぜか拍手が起きた。誰かがうっかり小さく拍手をして、それからその拍手は会場中に伝染していったのだ。

「戦争で会えなかった恋人たちの束の間の逢瀬だね」

「まるで戦神と妖精のダンスのよう」

「美しい。似合いの二人だ。完ぺきな美だね」

周りが囁く声が耳に入った。

かなり恥ずかしい。

私たちは、会場を離れて学園の庭へ移動した。誰も邪魔しなかった。私たちが歩くと、人々は道をあけて譲ってくれた。

「学園は懐かしいな。君と出会った場所だ」

学園の四阿《あずまや》は、ダンス会場からの光でわずかに明るい。二人で並んで座る。あたりに漂う花の香りに、ロジャー様は形のいい鼻をすんすんさせた。

「四阿《あずまや》を燃やしてしまって猛烈に叱られたけど、戦場なら、どんなに力を解き放っても、褒められるだけだ。僕の真似は誰にもできない。戦神とまで言われてしまった。今、戦いは僕とエドワードが主導している状態だ」

ああ、これはしばらく帰ってこないかもしれない。

「でもね、一つだけ。戦場では君に会えない」

ロジャー様は私に向き直った。ダンスパーティ会場からの光を受けて顔の半分だけ表情が読める。

「このバカげた戦争をやめさせる。そしたら、みんなが家へ帰れる。僕ならできる」

うぬぼれなのか。それとも、本当に力があるのか。でも、帰ってきてほしい。私にできることはあるかしら?

私は彼の大きな手を両手で包んだ。ロジャー様が一瞬息を呑んだのがわかった。

直接触れれば、より一層力が伝わる。そう聞いた。どうか、この人の力を伸ばして。

私は力いっぱい祈った。私にできることはこれだけ。私は育《はぐく》み伸ばす魔法力の持ち主だから。

「で、リチャードとはなにがあった」

一瞬で、いい雰囲気は吹き飛び、詰問《きつもん》が始まってしまった……。かっこよくて素敵なロジャー様だけど、どうして他の男を気にするのかしら。これ、めんどくさいのよ。説明してもなかなか納得しないし。

私は彼の唇に軽くキスした。

黙ってくれるといいな。そして戦場より、どうか私のことを好きでいて。

案の定、彼は黙り込んだ。

「ルイズ……愛している」

だが、燃え上がったのはロジャー様だけではなかった。

ロジャー様の頭の上のほうに、突然強い光が輝いた。

ロジャー様、ついに光の魔法まで……と思ったら、それは火の球で、しかも恐ろしいほどの大きさだった。

明るい光の下で見たロジャー様は、燃えるような目をしていた。

「愛している」

恥ずかしい。顔が熱いわ。熱い……頭まで熱くなってきた……天井がパチパチ言っている！

「わお！　しまった！　ルイズ、ごめん！」

天井が、屋根が燃えている？　ダメじゃない、ロジャー様！

ここは戦場じゃない。戦地で大容量の魔法をぶっ放してばかりの彼は、すっかり感覚が狂ってしまったのかもしれない。感極まったあまり、彼は四阿《あずまや》を炎上させてしまったのだ。

「どうして、こんなに簡単に火がつくのかな？　石造りの城はなかなか燃えないんだが」

逃げ出しながらロジャー様は言った。そんなの、四阿《あずまや》が木造だからに決まっているでしょう！

また、炎上事件？

「ルイズ、抱き上げるぞ」

ドレス姿だと超絶足が遅い。ロジャー様はあっさり私を抱き上げた。憧れのお姫様抱っこ？

「危ないからな」

いかにも大事そうにロジャー様は囁いた。顔が近いわ。熱い。

「ロジャー様、消火は？」

「君を安全な場所に移してからだ」

燃え盛る四阿《あずまや》を背に私たちは逃げた。走っているのはロジャー様だけだけど。

私は小柄なほうだけど、戦士様ってすごい。人一人抱いて、軽々と走っていく。嘘みたい。

「ルイズは軽いな。それにいい匂いがする」

放火魔が嬉しそうに囁いた。

のちの世に語り継がれるダンスパーティ四阿《あずまや》炎上事件である。

「おお。庭のほうでかがり火が！」

「まあ、なんてステキな演出かしら？」

「今年は凝《こ》っているわねー」

ダンスパーティ会場は、最初、がぜん盛り上がったという。

だが、すぐに異常事態だと気がついたらしかった。

「あれ？　違うぞ？」

「違う！　なんだか焦げ臭い。火が大きくなっているぞ？　もうかがり火じゃない！」

「あれは火事よ、火事！」

「ギャー、助けてー」

悲鳴が聞こえてきた。

「慌てないで！　こちらから出て！　火に近づかないで！」

ダンスパーティの参加者は慌てて逃げ出し、代わりに消火のために大勢の人が駆け付けた。

……ダンスパーティは強制終了した。

まずいことをしたと思う。

だけど、キスひとつであんなことになるだなんて、誰に想像できる？


「なんてことをするんだ。もう生徒でもないのにわざわざ戦場を脱走してここへ来て、四阿《あずまや》を炎上させるだなんて。お前は四阿《あずまや》になにか恨みでもあるのか？」

一時間が経過して、ようやく鎮火。当然大問題になって、聖堂でロジャー様はリンカン先生にめちゃくちゃに叱られた。ロジャー様が離してくれなかったため、私も一緒に叱られた。なぜ。

明日朝には現場検証がおこなわれるそうだ。

リンカン先生は先頭に立って消火活動に励んだため、顔中煤《すす》だらけで、服もボロボロになっていた。もっともロジャー様と、いつの間にかやってきたエドワード様も消火活動に大活躍したので似たようなありさまだった。

「どこまで器用なんだ、お前は。ルイズ嬢とドレスだけはしっかり無事とは」

　リンカン先生はしかめ面《つら》をして言った。

「軍務を放棄してきたそうじゃないか。帰還命令が出ているぞ」

　私は突然ロジャー様が現れたことで、すっかり舞い上がっていたのだけど、リンカン先生のこの言葉にサーと熱が冷めた。ロジャー様、職場放棄だなんて、なんてことを！　侍女ならクビになりますわ！　私はロジャー様が心配になっていた。

「僕は大事な婚約者を、ウォルマス家のリチャードとかいう不逞《ふてい》の輩《やから》から守らなくてはなりませんから」

　ロジャー様は腕組みをして言い放った。

「遠い戦場にいるからって、舐《な》めないでほしい。ルイズを取られるくらいなら、軍なんかいつでも抜けてやる」

　そして私の手を強く握った。

「いいから落ち着け、ロジャー。ルイズ嬢は私が責任をもって守護してやる。早く戦場に戻るんだ。後ろを見てみろ」

　いつの間にか軍服を着た男たちがロジャー様の後ろに迫っていた。

「ロジャー様！」

「お戻りくださいませ。もう一息で我が軍の勝利なのです。ロジャー様とエドワード様は勝利のために不可欠の存在です」

「さあ！　お急ぎくださいませ」

連中はロジャー様に手を伸ばしたが、ロジャー様は抵抗した。

「早すぎるぞ、お前ら！　ルイズとまだちょっとしか話せていない！」

「勝てば好きなだけ一緒にいられますから！　勝利まであと一歩です。早く！」

「行くぞ。ロジャー」

そう声をかけたのは、エドワード様だった。あきらめきった様子で馬上で待っていた。

「馬車じゃない。馬だ。早く着きたいからな。徹夜だからきついぞ。だけど、お前のせいだからな」


炎上事件の三日後、私はリンカン先生に聖堂に呼び出された。

先生は疲れた様子だったが、ニヤリと笑って迎え入れてくれた。

「どうしてロジャーがダンスパーティに来たかというと、アリシア嬢が父上のベドフォード伯爵に手紙を書いたからだ。リチャードのあなたへの執心をね。ベドフォードは、それをロジャーにしゃべった」

リンカン先生は、どっかりと椅子に座ったまま、説明を始めた。

「ロジャーの魔法はとにかくすごくてね。火焔は、森を焼き尽くし、村一つを灰燼《かいじん》に帰《き》した」

私はびっくりした。そんなすごい力だなんて。ロジャー様のうぬぼれなんかじゃなかったのだ。

村人はどうなったのだろう。

「エドワードの風魔法は、威力はロジャーほどではないが、抜群のコントロールだ。エドワードは実戦で勉強したんだ。細く切れ目なく火を乗せて、どこまでも執拗《しつよう》に追いかけていく。敵の司令官や軍の重要人物を追い回し、ノイローゼにした。一度狙われたら命はない」

怖い。

「だから、本当はもう勝敗は決したようなものだった。だけど問題が一つ残っていた。軍の中の問題だ。ロジャーとエドワードのおかげで戦況はひっくり返った。だが、彼らは軍に来て日が浅い。一部には、彼らのおかげではなくて、自分たち自身の実力だと勘違いしてうぬぼれている連中がいた」

リンカン先生は皮肉な表情を浮かべた。

「どこにでもいるよね、そういう連中。だからベドフォードは、大事な宝物を狙う輩《やから》がいるとロジャーに教えた」

私は心配になった。

「それって、大丈夫なのですか？」

「だめさ。ロジャーのいない間、ボロ負けする。それが狙いだよ。誰のおかげで勝てていたのか。これまでロジャーは自分がいなければ負けるとわかっていたから、戦線を離れなかった。だが、君のことになれば話は別だ。恋敵の話をした途端、馬に飛び乗った。事情を知っているエドワードは、あとを追った」

エドワード様はベドフォード伯爵家の未来の婿《むこ》。ロジャー様のありがたさが軍全体で認識されれば、ロジャー様だけでなくエドワード様の株も上がるとベドフォード伯爵は計算したのだとリンカン先生は説明した。

「ベドフォード伯爵の手の上で踊らされていたみたい、私たち」

そう言うと、リンカン先生がうっそりと笑った。

「違うよ。全員、君の手の上で踊らされているのさ」

まさか。

「ベドフォードも私も、君の魔法力に絶対服従だ。君の父上のオースティン伯爵がロジャーを君のところに帰したくなくても、ベドフォードは君がロジャーを愛する限り、ロジャーの望みをかなえるべく暗躍する」

「そんなに髪の毛が大事ですか？」

完全に気にしすぎだと思う。

だけど、リンカン先生は深く頷いた。

「髪は自信の源だ。おかげで結婚して子どもを授かったんだ。半年のうちに生まれる」

先生は幸せそうに笑った。

「君のおかげだよ」

学園ではロジャー様と、それからエドワード様の噂でもちきりだった。

四阿《あずまや》を炎上させてしまった回数は、三回に上る。にもかかわらず、戦闘服姿の彼がかっこよすぎて、ファンの投げ銭・喜捨《きしゃ》が絶えず、ロジャー様が燃やした四阿《あずまや》の再建費用は心配なさそうだった。

そしてダンスパーティの夜、すっかり私から忘れられたリチャード様は、四阿《あずまや》を見通せる場所から必死で覗《のぞ》き見していたらしいが、そのせいで逃げ遅れてちょっとばかり火の粉がかかったらしい。

「自慢の服に焼け焦げの穴ができてしまったそうよ？」

アリシア様が愉快そうに笑った。

リチャード様は肩を落とし、落ち込んでいるそうだった。

『雨の日が嬉しいと思う日が来るとは思わなかった。満天の月夜よりも、一寸先も見えない闇夜を恋しく思う日が来るとは思わなかった……』

リチャード様から、なんだか長い手紙が届いたけれど、ロジャー様のむちゃくちゃにかっこいい戦闘服姿しか頭に残っていなかった私は、容赦《ようしゃ》なくゴミ箱に突っ込んだ。

「ロジャー様なんて消火活動にも参加されたのよ？　リチャード様の服なんか……」

どうでもいいじゃないと、私は大いに憤慨した。

「いや。火をつけたのはロジャー様だから。これで消火活動に参加しなかったら鬼畜だから」

アリシア様に諫《いさ》められた。

「それより、エドワード様がお気の毒。あほみたいに暴走するロジャー様のあとを追いかけて、学園まで昼夜兼行で来て、その後ロジャーが放火して、消火活動して……」

ロジャー様が呼び捨てになってしまっている。

「申し訳ございません。うちの婚約者が……」

仕方ない。平謝りした。

とはいえ、学園でこそロジャー様とエドワード様はかっこいいと人気だったが、戦場はそんな甘っちょろいものではないだろう。ロジャー様は楽勝と言っていたが、私を安心させるためにああ言っただけではないかしら。心配。

だからある日、父からなんだか無念そうな文面の手紙が来て、勝利と戦争の終了を伝えられたときは腰を抜かした。

「変な手紙ね。お父様、喜んだらどうなのかしら？」

同時に侯爵家からはロジャー様が戦地から戻り次第の結婚を打診する手紙が来て、父の手紙が妙な感じだった理由が理解できた。

『家に戻っても可愛いルイズがいないなんて……戦争があればあきらめもつくが、いつまでも続かないし』

なんのこっちゃと思っていたが、そういうことか。

「ルイズ様。そんな理由で戦争継続を望むような父は大嫌いと書いておやりなさい」

常に父びいきのフェアファックス夫人からも、厳しい指導が入った。

「人の命をなんだと思っているのでしょう！」

そして翌日、副官のベドフォード伯爵から、ものすごく分厚い手紙が送られてきた。表には「親展」「重要」「至急」と赤字でデカデカと書いてある。

「一体、アリシア様のお父様がどうしてこんな手紙を……？」

だが、読んでみると、中には非常に重要なことが書かれていた。

『……学園から戻ったあとのロジャー殿の活躍は、敵方の戦意はおろか、我が軍のライバル心をも根こそぎ叩き折りました。ロジャー殿不在時は連戦連敗で、この大事なときに抜けやがってと罵《ののし》られこそしましたが、帰ってきた途端に戦況は一変、攻めあぐねていた砦《とりで》は木っ端みじんに爆破され更地になりました。その後、敵方の城を堀の水一滴残さず完全燃焼しました。一応、事前予告をしてあったため、被害者は出ませんでしたが』

被害者がいない？　私は詳しくないけど、そういうのって、戦争っていうのかしら？

『その結果、敵方は大慌てで和平に応じ、会談は前代未聞の短時間、わずか一時間でまとまりました』

その後は、領土問題やら両国の利害の収束点についてこまごまと書かれていたが、そこは読み飛ばした。

『和平条約の項目に、ロジャー殿が戻り次第の結婚式が含まれています』

え？　なぜ、個人の結婚を条約の項目に含むのかしら？

『私がまぜました』

どこか得意げな文面。はて？

『戦闘の模様が公《おおやけ》になった結果、勇者ロジャー殿の人気がすさまじく、自国内はおろか、他国においても絵姿が販売されています。絵姿は学園のダンスパーティを描いたもののようです。誰かがあのときスケッチをしたのでしょうか。よく描けています。ついでに言うと、うちの婿《むこ》予定のエドワード殿も大人気でして』

「なんですって！」

私は立ち上がった。ロジャー様の絵姿が販売されているだなんて、ノーチェックだったわ。しかもダンスパーティのときの？　これは買わなくてはいけない。ハンナに言って、全種類買い占めなくちゃ。え？　続きがあるわ。なになに？

『敵国においてすら、販売実績がグングン上がっており、このままだと敵国の王女殿下から縁談が来るのも時間の問題ではないか……』

敵国の王女様との縁談？

『と、お父上がおっしゃっていました。これじゃあロジャーはうちの娘と結婚しないかもなーって』

手紙を持つ手が怒りのためにブルブルしてきた。

最初にロジャー様との縁談を進めたのは父だったのに！　年頃の娘を持つ手前、適当そうなところと縁談を進めたものの、いざ娘が乗り気になると、すぐこれだ。使用人一同が心配していたとおりの事態になってしまったわ。

『なにせ敵国には上は二十九歳から下は十四歳まで王女殿下が七人おり、なぜか全員独身。姫様方も、特に絵姿が出回ってからは、自国の平和のため、元敵国へのご降嫁《こうか》もやぶさかではないと公言されたとのことで……』

なんですって？　とんでもない。超やぶさかですわ！　しかも絵姿を見てから、仕方ないから結婚してあげるみたいな言い草、許せないわ！

『結婚をエサに、英雄ロジャー殿を取られてはたまりません。今後の国防にかかわります。ごねるオースティン将軍も、国のためだと私が説き伏せました。ロジャー殿ご自身にも、講和会議の建物周りを火柱で囲い将軍を脅しつけるなど、ご尽力いただきました。サウナ状態でしたが……』

できる人だわ、ベドフォード伯爵。私は、一生この人の頭の毛を応援し続けようと心に誓った。

『ですので、可及的速やかに婚儀の用意をお願いしたく』

私はバッと立ち上がった。

「ハンナ！　フェアファックス夫人とマーシャル夫人を今すぐ呼んで！」

ハンナは最近私が手紙をもらうたびに、なにが起きるかとおびえている。大体、ロクでもない話ばかりだからだ。

「どうなさったのですか？　お嬢様？」

私は、ベドフォード伯爵からの分厚い手紙の十六枚目を、ハンナに差し出した。

そこには大きな文字でこう書いてあった。

『結婚式は一ヶ月後です』

ロジャー様を他国の王女なんかに取られてたまるものか。

私は奥歯をかみしめた。

ダンスパーティのときのロジャー様の戦神のごとき姿が脳裏に浮かぶ。

『君を愛している』

喧騒から離れ、パーティ会場のほのかな光に照らされてロジャー様は言ってくれた。

私はチビで、侍女仕事なんかに向いていて、ちっとも目立ったところのない娘だけど、ロジャー様を思う気持ちだけは誰にも負けないわ！

握りこぶしを天に向かって突きあげていると、慌てふためいたフェアファックス夫人が駆けつけた。

「ルイズ様！」

突然の呼び出しに驚いたのね。でも、驚くのはこれからよ！

「いいこと？　聞いてちょうだい、フェアファックス夫人。私は今から一ヶ月後に……」

「ロジャー様と結婚式を挙げるのでしょう？　私がここに来たのは、カスター寺院の使いが結構な剣幕で、勇者様の結婚式は当寺院でおこなうはずなのに、王宮の聖堂を使うという噂は本当かと問い合わせに来られたからですわ」

私は絶句した。話が呑み込めない。いつの間に、式場が決まったの？

「条約の話ですから、きっと関係のあるところには全部、王家から連絡が行っているのだと思いますわ」

「どうして、肝心の私のところに連絡が来ない……」

ハタと気がついた。

父か。

オースティン家の代表といえば、父だ。その父は、条約の締結にも多分同席している。結婚式が一ヶ月後に決まったことも知っている。

だけど、父は『ルイズがいない家なんて……』とかいう謎手紙を送ってきたきりだ。

「さすがはベドフォード伯爵。アリシア様のお父様なだけあるわ」

父のやりそうなことを見抜いて、あの長い手紙を送ってきたのね。

さらに翌日にはロジャー様のお母様、スチュアート侯爵夫人が、駆けつけてくださった。

「お相手が王女殿下なら名誉なこととはいえ、他国に息子を嫁がせたくはありません」

鼻息荒く、スチュアート侯爵夫人は宣言した。

嫁ぐわけではありませんが、意味合いとしてはどことなく合っている気がします。私も同感ですわっ。

「他国の王女と結婚させられて、他国に住めと言われたら……体《てい》のいい人質ではありませんか」

そこまでひどくないとは思うけど。それにロジャー様は嫌だったら、王城の一つや二つ、炎上させて戻ってくると思うけど。あ、でも、それはそれで国際問題か。

うちの使用人たちも盛り上がっていた。

「準備期間はわずか一ヶ月。間に合うかどうか。しかし、ルイズ様のために使用人一同、一丸となって頑張る所存です！」

フェアファックス夫人が、メガネをぎらりと光らせて決意表明し、横ではセバスが深く頷いていた。

私はもちろん感謝したけれど、セバス以下伯爵家の使用人一同の盛り上がりっぷりには、どうも疑問が残った。

なぜ、こんなにまで盛り上がれるのか？

「これで旦那様の鼻を明かせます！」

「元はといえば、旦那様がルイズ様を溺愛しすぎて、一周回って虐待事案を招いたわけで」

「わけのわからない自称妻と自称愛娘。思い出しても腹の立つ」

「しかも今回は、相思相愛の二人に渋い顔。自分で選んだ婚約者なのに」

うちの父が申し訳ございません。思わず謝りそうになったけれど、よく考えたら、一番の被害者は私だった。

「私は皆様のご尽力になんにも返せないわ……さらに申し訳ないわ」

皆さん、毛はフサフサなんですもの。

だが、その中に一つ、私がお手伝いできる部分があった。それはここ二年間、鍛えあげられた私の家政能力と交渉能力。

「ご当主様が相場や商慣行を把握されていると、説明や説得が全部省けます。すっごく楽」

セバスが感涙にむせびながら言った。世の中のご当主様や奥方様は、ビジネス慣行に疎《うと》く、ゴーイングマイウェイで横車を押す執事泣かせが多いのだそうだ。

セバスが感動している横で、私はスチュアート侯爵夫人にお願いした。

「侯爵夫人、必要な事柄をお教えくださいませ。手配をいたしますわ」

「ルイズ、大変でしょうけど、頑張りましょうね。まず招待客リストから作らなくてはいけませんのよ？」

「ここにございますわ。こちらが式で、こちらが晩餐会用。それぞれの招待状のデザイン案は業者に依頼済みで、明日届きます。あと晩餐会メニューはこちらでどうかなと。今、仕入れ業者に納期について問い合わせ中ですの」

紙類は束にして、見やすいようにまとめた。かなりの量になってしまった。

「え？　これは誰が？」

すでに完成されたリストを見て、侯爵夫人はなぜか青ざめていた。

「私ですわ。あと今後のスケジュールはこちら、新居候補は絞り込みましたが、最終決定はロジャー様と一緒に」

「ルイズ、あなた大丈夫なの？　過労で倒れるんじゃない？」

夫人は弱々しい声で尋ねた。

「平気ですわ？」

以前、偽義母や偽義姉にこき使われていた頃のことを思えば、これくらいなんでもない。

連日の奮闘後、最後のドレスの納入のとき、マーシャル夫人とフェアファックス夫人がこそこそ話していた。

「なんと間に合いましたわ。絶対、無理だと思っていましたのに。ものすごい要領のよさと計画性ですわ」

まさか私のことかしら？　偽義母と偽義姉には散々叱られていたのだけど。遅いだの、手際が悪いだのって。


今日は、ロジャー様とエドワード様が王都にお戻りになる日。

私は自邸がたまたま凱旋《がいせん》パレードの道沿いだったので、二階の部屋から様子を窺《うかが》った。

「ロジャー様ぁ」

「エドワード様ぁ」

沿道の歓声がすごい。

この声を、ロジャー様はどんなふうに思っていらっしゃるのかしら。

結婚の支度で忙しくして考えないようにしていたのだけど、これほどの人気を目《ま》の当たりにすると不安になる。

もしかしたら、もっと高位の妻を望まれるかしら。こんな、家政にしか能がない妻ではなくて、もっとキラキラした身分や財産のある方を。だって、ロジャー様にはそれができるのですもの。

私はカーテンを閉めて、歓声の聞こえない部屋に移動した。


凱旋《がいせん》の三日後、やっと私はスチュアート侯爵家に行くことができた。

英雄として迎え入れられたため、彼は軍幹部やエドワード様ともども国王陛下をはじめ、色々な貴顕《きけん》の方々との会合やパーティなどに呼ばれ続けていて、私と会う時間がまったく取れなかったのだ。なんだか距離を感じる。

　不安だった。

だが、侯爵邸の玄関ホールへ入るや否や、私は待ち構えていたロジャー様に抱き締められた。

「やっと会えた」

ロジャー様の体温が伝わってきた。不安が溶けていくようだった。

「せっかく戻ってきたのに、色々なパーティだの会合だので、会えなかったんだ。不安だった」

彼の、まったく変わらない灰色の目が私の目を捉《とら》えた。

腰に腕を巻きつけられたまま、客間に通される。

「結婚式の準備は完璧ですわ」

私、頑張りましたのよ？　こんなことしかできない私だけど。国は救えないけど、私にできることを。

ロジャー様はちょっと目をみはった。それから、真面目な顔になって言った。

「母が言ってた。ルイズは頑張りすぎだって」

ロジャー様は私の髪を撫《な》でて言った。

「僕は君を甘やかしたい。君が頑張るのを見るのは嫌いじゃないけど、僕に甘えてほしいんだ」

甘やかしたい？

「僕に甘えて、蕩《とろ》ける君が見たい。君を守れる男になれたと思うんだ。だから、安心して……」

突然ノックの音がして、私たちは飛び上がった。

「将軍オースティン伯爵と副官のベドフォード伯爵がお見えです」

一番都合の悪い人物が来た。だが、ロジャー様はスッと立ち上がって礼をし、二人を迎え入れる。

目つきの悪い父と、栗色の髪がちょっと少なくなってさらさらになっているベドフォード伯爵が入ってきた。

「息災でなによりだな、ロジャー。ベドフォードによると、君は他国に狙われているそうだね」

父はロジャー様をじろりと見ていった。ベドフォード伯爵がとりなすように柔らかに言った。

「将軍のお嬢様とご婚約中で本当にようございました。敵国とはいえ、王女殿下との結婚話は断りにくいものです」

「だから先に帰してやったんだが、うちの娘相手になにをしている」

ベドフォード伯爵は父の文句など聞こえないかのように続ける。

「お嬢様と婚約中でなかったら、ロジャー殿が婚約話を受けてしまわれたかもしれないでしょう？ルイズ嬢がお美しくて魅力的で、成績が一番だからこそ、我が国は救われたのでございます。結婚については条約にも載りましたし」

「条約縛りか……」

「さあさあ、このあと、戦後処理が山積みでございます。将軍、一旦、自宅へ帰りましょう」

「嫌だ。ルイズを連れて帰る」

「オースティン将軍」

ロジャー様は静かに言った。父はロジャー様を睨《にら》んだ。

「お嬢様との結婚をどうかお許しください」

思いがけない言葉だったのか、父は一瞬、ロジャー様を見つめた。ロジャー様は一歩も引かない目をしていた。

父は……誰にもわからなかったかもしれないけれど、私にはわかった。チラと微笑んだ。

「フン。帰るぞ、ルイズ。来なさい」

父はくるりと向きを変えると、部屋を出ていこうとしたが、ベドフォード伯爵が割って入った。

「お二人にお伝えしなければならないことがあります。ルイズ嬢は私が責任をもってご自宅までお送りしますので」

父はロジャー様と、ベドフォード伯爵の顔を見つめたあと、無言で出ていった。ベドフォード伯爵は苦笑した。

「少しだけ話があるので。申し訳ないね」

「いえ。父が失礼しました」

私は小さくなって言った。いつもあんな調子なのかしら。

「実は、もう一人来るんだ」

「え？」

間髪を容《い》れずノックの音がして、入ってきた人がいた。父が出ていくのを待っていたのだろう。

「リンカン先生？」

ロジャー様は驚いたようだった。

リンカン先生は聖職者のような格好はもうしていなかった。騎士のような身なりで、聖職者よりもずっと似合っていた。

「久しぶりだな、ロジャー。実は、伝えておきたいことがあってね」

聞いていていいのかしら？　私がたじろぐと、リンカン先生が言った。

「いや、ルイズ嬢にも関係がある。というよりこれはルイズ嬢の問題かもしれないんだ。ロジャーはオマケかも」

ロジャー様は怪訝《けげん》な顔をしていたが、ベドフォード伯爵はリンカン先生の言葉に頷いた。

「私も本当は疑問だったんだ。リンカン先生に説明を聞いてすっきりしたよ」

なんの話かしら？　ロジャー様と私は見当もつかず、リンカン先生を見つめた。

「ロジャーの火力……ルイズ嬢に会うたびに上がっていないか？」

「えっ？」

「親しくなって、ダンスを踊って、その都度爆上がりしている。ルイズ嬢の魔法力が育《はぐく》み伸ばす力だって知ってた？」

……まさか？　婚約後のイチャラブの数々や、四阿《あずまや》炎上事件のキスとかを思い出して、私は真っ赤になった。

直接触れると、効果は百倍。

父を先に帰してくれて助かった。色々と逆鱗《げきりん》に触れそう。

「うちの娘も、ルイズ嬢と一緒にいたんで百パーセントマッチング魔法力を勝ち得てしまったんだ。

元の魔法力の応用編だな」

ベドフォード伯爵がため息をついた。

一方、ロジャー様は呆気に取られていた。

「僕の火焔魔法は、僕の……力ではなかったと……？」

リンカン先生が慰《なぐさ》めるように言った。

「元々火の魔法力はあったよ。無から有は生まれない」

ロジャー様の目線がリンカン先生の脳天あたりをさ迷った。無から毛が生えたと言いたいのね？先生が答えた。

「いや。毛根は残っていたと思うんだ。でも、毛根だけでも、ここまで伸ばすからね？　ルイズ嬢は」

慰《なぐさ》めが慰《なぐさ》めになっていないわ？　ロジャー様の元の魔法力は相当あったはずよ。リンカン先生の毛根と比べないであげて！　心の中で私は抗議した。

「元々、火の魔法力がなければ伸ばしようがないよ！　だけど、このままルイズ嬢に能力を伸ばされ続けると、君、それこそ火竜になってしまうから！　制御の力も鍛えないと」

ベドフォード伯爵が言った。リンカン先生は腕組みをして頷いた。

「育成の魔法力は、中身がわかれば、みんなが欲しがるあこがれの魔法力だったな」

急にロジャー様が真顔になると、私を守るように抱きしめた。

「ルイズは離しません。ルイズのすべては僕のものです」

色々あったけれど、私たちは幸せだった。

結局、王家の聖堂ではなくてカスター寺院で式を挙げた私たちは、沿道で大勢から歓呼《かんこ》の声を受けた。

けれど、そのうち人々は英雄だの勇者だののことは忘れていった。

しかし抜け目のないベドフォード伯爵が、英雄の興奮冷めやらぬうちに敵国の賠償金の中から恩賞を巻き上げてくれたので、静かで豊かな生活を送ることができるようになった。

「万が一のときは、ロジャーが世界を救ってくれることって条件があるけどね」

もし、子どもが生まれたら、伯爵邸に戻ろうと思う。そう言ったら、父は口には出さないけど、嬉しそうだった。

アリシア様もエドワード様と結婚した。結婚式で初めて見たベドフォード伯爵夫人はキリッとした美女で、フッサフサの栗色の髪のイケオジが横でメロメロになっていた。なるほど。娘の式の最中ですけどね。

リンカン先生とベドフォード伯爵の秘密は秘匿《ひとく》され続けた。

「あれはなに？」

だがあるとき、ロジャー様が、その二人を発見してしまった。二人とも人目を忍ぶように我が家に来るからいけないのよ。

男の出入りに敏感なのは、ロジャー様の悪い癖《くせ》である。

「ルイズ、彼らはなぜこの家に通ってくるの？」

「ハゲ治療のために通っているのよ」

「どうして？　髪は伸びたままだろう？　一回、魔法をかけてもらえば済む話じゃないの？」

「違うわ。髪は抜けるのよ」

ロジャー様はハッとしたようだった。

いつかのリンカン先生と同様、彼は頭を押さえた。

「あら、あなたは大丈夫よ。お義父様だって、上品な白髪頭だわ」

ロジャー様がピクリと動いた。

「ルイズ……もし、万が一の話だけど、僕にもしものことがあったら……」

ロジャー様が突然深刻な様子で言い出した。

「絶対、毛生え魔法を使ってくれ。必ずだ。……今まで黙っていて悪かったが……母方の祖父がハゲていたんだ」

私は彼のつむじにキスした。どうしてわからないのかしら。涼やかな灰色の目の戦神のあなた。

「どんなあなたでも、あなたが大好きよ。ロジャー様」

この作品に対する皆様のご意見・ご感想をお待ちしております。
おハガキ・お手紙は以下の宛先にお送りください。

【宛先】
〒150-6019 東京都渋谷区恵比寿4-20-3 恵比寿ガーデンプレイスタワー19F
（株）アルファポリス　書籍感想係

メールフォームでのご意見・ご感想は右のＱＲコードから、
あるいは以下のワードで検索をかけてください。

アルファポリス　書籍の感想　検索

ご感想はこちらから

本書は、「アルファポリス」（https://www.alphapolis.co.jp/）に掲載されていたものを、
改稿、加筆、改題のうえ、書籍化したものです。

その溺愛《できあい》、間違《まちが》ってます！～義家族《ぎかぞく》に下女扱《げじょあつか》いされている私《わたし》に、
義姉《ぎし》の婚約者《こんやくしゃ》が本気《ほんき》で迫《せま》ってくるんだけど～

buchi（ぶち）

2024年　7月　5日初版発行

編集－塙 綾子
編集長－倉持真理
発行者－梶本雄介
発行所－株式会社アルファポリス
〒150-6019 東京都渋谷区恵比寿4-20-3 恵比寿ガーデンプレイスタワー19F
TEL 03-6277-1601（営業）03-6277-1602（編集）
URL https://www.alphapolis.co.jp/
発売元－株式会社星雲社（共同出版社・流通責任出版社）
〒112-0005 東京都文京区水道1-3-30
TEL 03-3868-3275
装丁・本文イラスト－ななミツ
装丁デザイン－AFTERGLOW
（レーベルフォーマットデザイン－ansyyqdesign）
印刷　中央精版印刷株式会社

価格はカバーに表示されてあります。
落丁乱丁の場合はアルファポリスまでご連絡ください。
送料は小社負担でお取り替えします。

ISBN978-4-434-34081-9 C0093